清香的日常

潘向黎/著

长江出版传媒　长江文艺出版社

目录

辑二　诗

辑一

茶

今人喝茶，其实不用过分讲究，什么「素手汲泉」，什么「松风竹月」，都不必苛求，只要有一个安静的空间，一段悠闲的时间，就可以体验「素瓷传静夜，芳气满闲轩」的情趣。

只是那「静」「闲」二字，于今却是有些难求。

何处无水，何时无茶，但少闲人、闲心罢了！

莫干水，莫干茶

九月下旬，上莫干山。

看见崖石上那个巨大的"翠"字，心里开出一朵花来：莫干山，到了。

莫干山的秋天，好，好得不容描绘一个字。

过去住过芦花荡饭店，秋风送爽，山景层叠，野花摇曳，还能远眺裸心堡，坐在阳台上就可以浸入风景之中，哪儿也不去，喝茶聊天，或者发呆，有时抬头看看光影变幻的山色和城堡的轮廓，便足以消磨两三天。

这次住的是白云饭店。莫干山顶这些饭店，不是大城市里的宾馆的概念，白云饭店是七幢别墅，朝向和结构都不一样。我住的这间，窗口正对着一挂长长的石阶，秋叶满阶，十分幽静，看上去很像电影镜头，适合一对清瘦文雅的人缓缓走上去——若女子长得像演员沈佳妮，画面就完美了。

上山之前，因为在德清图书馆任驻馆作家，做了几场活动，到的当天有些累了，那台阶没有走上去。后来才发现，那里通向白云山馆，民国政坛风云人物黄郛和夫人沈性真的别墅。黄郛是蒋介石的盟兄弟，1928 年，蒋介石和宋美龄曾在白云山馆度蜜月；1937 年，周恩来和蒋介石曾在此进行国共合作谈判。黄郛字"膺白"，夫人字"亦云"，白云二字，是从他们的名字中各取一字。白云饭店，也延用了富有历史感的"白云"二字。

第二天下起雨来了，山中一下雨，竟然有了一点凉意，起身关窗，却关不成——走到窗前，一阵桂花香扑来，真是"花气袭人"，却又是甜的，润的，这样的桂花香，教人哪里舍得关窗？

雨停了就出去寻桂树，果然门外就有几棵。下台阶不远处，"鹤啄泉"旁，还有几棵大桂树，难得的是丹桂、金桂、银桂种在一起，亲亲密密，又俱是满树桂花，开得无微不至。别处比较稀罕的丹桂，在这里却是阵仗最大的。站在桂花树下，香气浓厚而盛大，浩浩荡荡，茫无际涯，闭上眼睛，只觉得整座山都豪华了。

"鹤啄泉"至今犹在，小小石栏，池壁上有一浮雕：鹤叼着一尾鲤鱼，鲤鱼嘴里有泉水涌出。正要细看旁边的介绍文字，一大簇旅行团过来了，导游的解说破空而来，我赶紧逃开了。

回到房间，看到德清朋友送的莫干黄芽，就用宾馆送的瓶装水，沏来尝尝。烧水的时候，我看了一下干茶，是黄茶，茶形细如莲心，略曲，嫩黄，有白毫。沏出来看时，好汤色！嫩黄，匀润，明亮。还未及饮已经茶香满室，香气甜润，似乎从满山的桂花那里借来了一脉天香。啜一口，心里微微一惊：好茶！鲜、爽、醇、甘，在口中和喉间依次绽放。真是喜出望外。于是一连三天，每天一杯莫干黄芽。

回到上海，进门时是黄昏，有些困倦了，马上又来了一杯，又是微微一惊：变了！和上午在山上喝的判若两茶。香淡了，味薄了，回甘虚无缥缈了。茶是同一罐，家里用的水也并非自来水，而是可靠品牌的桶装水，这是怎么回事？哎，我怎么忘了，《煎茶水记》里不是早就说过："夫烹于所产处，无不佳也，盖水土之宜。离其处，水功其半。"唐代茶人早就发现：茶在产地最好喝，离开了当地，其美妙就只能发挥一半了。难怪有那么多茶谚："狮峰龙井虎跑泉""顾渚紫笋金沙泉""庐山云雾第一泉"……其中不就有"莫干黄芽剑池水"么？这些"茶泉组合"，不但是对各处"双绝"的赞美，还隐含了一层意思：本地水最能激发本地茶的精华，本地茶往往需用本地水，才能将"香""清""甘""活"之茶中四境发挥得淋漓尽致。

马上打听白云饭店用的是什么水。答曰：竹浪牌莫干水。源自莫干山，海拔 700 米岩层自涌泉。正想去某宝搜索下单，又得知因为产量少，这种水只供应山上客人，德清县城都没有。明白了，上海就更不要想了。

物流发达的时代，突然听到这样"霸道"的"限制条款"，我反而高兴起来。莫干水沏莫干茶，莫干茶须莫干水，这真有趣。从此，去莫干山，又多了一个理由。与二三知己，再访名山，专为一杯好茶，岂非一件赏心乐事？

茶生涯

每天一早醒来，眼睛还涩涩地睁不开，朦胧的意识里第一个念头就是：来一口茶。

几乎是靠着这个念头的召唤，我才能让自己还算敏捷地爬起来。起床之后，照例是清洗茶壶和茶杯，然后拿出茶罐，从里面用茶则或者长柄调羹舀出些许茶叶，放进茶壶——因为我早起总是先喝绿茶，所以并不用紫砂壶，只是一把日式瓷壶，然后就用饮水机的水——那个不够开的温度正好泡绿茶，注进茶壶。一边打着哈欠一边适时停下，要喝一杯就是一杯的水，两杯就是两杯的水，略微多一点，是预备让茶吸掉的，然后，徐徐摇晃茶壶，心里默数到十，就斟出来。一定斟尽全部的茶汤，茶壶里面不留一滴水。

这时候，茶杯里就是一汪嫩嫩的、黄里泛绿的春水，闭上眼睛，深深呼吸一下，肺腑之间隔夜的闷气一扫而尽，然后啜上一口，心神稍安，再啜几口，嘴里喉咙里舒服了，五脏六腑都妥帖了，头脑也渐渐清醒，一股太和之气遍及全身。老茶客们管这个过程叫作"喝通了"，也有人说是"喝顺了"。确实如此，早上起床，整个人是木木的，七窍都是淤积的、塞住的，有气无力，而且那气也断不是什么"浩然正气"，而是一团闷闷如黄梅天的"下床气"，必须要一盏茶及时赶到，七窍才通，气才顺，人才清爽。

对我来说，不吃早饭可以，但是如果没有那一盏茶，我的早上就没法开始。不管这一天是忙是闲，一定要把茶先喝通喝顺了，我的一天才能开始。悠悠万事，唯此为大。一日之计始于茶。

接下来——被茶唤醒的整个上午，不论是在家还是在单位，我的手边都有一杯绿茶，还是一个小茶壶一个小杯子，若是在外面开会或者旅行，为了带着方便，就用一个直筒玻璃双层杯，给我带来随身随地的茶爽。听冗长无聊的发言时，还可以极其隐蔽极其礼貌地开开小差：看着碧绿茶芽和清澈茶汤，幻想自己正走在春雨后的九溪十八涧，两边都是碧绿的茶树，还可以默背几首茶诗……茶喝淡了，就换上新叶，有时候是同一种茶，有时候则换一种。

一般到第二泡绿茶也淡了的时候，我就不再换茶叶了，因为不久就要吃午餐了。然后是午餐。虽然任性，午餐后一小时内我是不喝茶的，这是喝茶人最重要的养生法则之一。一小时之后，我又开始喝茶，这个时候一般不是温文尔雅的绿茶，而是换上性情刚烈的乌龙茶，才能提神醒脑，应付有些困倦的午后。真正的铁观音是非常耐泡的，七泡有余香，等到铁观音喝淡了，晚饭也就近了。晚饭后还是有一个小时左右不喝茶，然后喝什么茶，就随意了。若是晚饭吃得油腻了，不妨新泡一壶大红袍或冻顶乌龙，酽酽地喝下去解油腻助消化，这时候的茶可以喝到最浓，因为不怕茶醉。如果晚饭还清淡，那可以品一杯淡雅的白茶，偶尔来杯花香暖人的红茶。

晚上我不喝绿茶，因为有过喝绿茶而失眠的记录，奇怪的是，我喝其他的茶，哪怕是极浓的乌龙茶都照样能睡，喝绿茶却会失眠。不知道为什么。

泡绿茶不能用紫砂壶，会把细嫩的绿茶焖熟焖黄。北方人常用盖杯，江浙一带一般用透明玻璃杯，且多为直筒无花无磨砂的那种，便于观赏嫩芽，这个自有道理。但也有缺点，一是没有握柄，烫手。二是，泡茶和饮茶都在一个容器里，总是不够讲究。所以我平时一般用瓷壶，瓷壶发茶不像紫砂那样厉害，正好适合绿茶，而且瓷器无隙孔不易吸附香气，便于完好保留绿茶的香气。我有两个日式茶壶（一个是有田烧，一个是清水烧），都有一个类似药罐的"横把"握柄，壶嘴上有一个极细密的金属滤网（壶内脱卸式滤网也可以），还可以避免茶末对饮用的打扰。水就用饮水机的水——那个温度只有七十多度，正好泡绿茶。

我泡茶有一个习惯，特别注意水量，而且每一泡都要斟干茶汤。喝一杯就是一杯的水，两杯就是两杯的水，第一泡可以略多一点，是预备让茶吸掉的。然后，徐徐摇晃茶壶，如果是细嫩绿茶，心里默数到十，就斟出来。当然各种茶会有区别，泡上一两次便可以掌握最佳时间。时间一到就快快地斟出来，动作要迅速，而且一定斟掉全部的茶汤，茶壶里面不留一滴水。等到下一泡再注水进去，然后再斟得干干净净。这样泡绿茶的好处有二：一是有层次，每一泡茶汤的颜色和香味、滋味都有变化，始终清澈明亮，不是一下子泡熟、泡死——茶汤昏暗。二是，泡茶和饮茶用不同的容器，避免唾液、食物残留异味等沾染茶叶、败坏茶汤。如果是女性的话，可以避免口红对茶叶的直接污染。缺点是：不如玻璃杯那样便于观赏。所以，有闲心或者出门在外时，我偶尔还是会用玻璃杯泡绿茶的。

说到乌龙茶的泡法，一般人马上会想起功夫茶，既然功夫了，那就有十八般武艺多少招式，看着眼花缭乱，做起来繁琐死人。其实那是茶艺表演，真的喝乌龙茶的人不会那么费功夫的。我家有一套功夫茶具，平时基本上就是摆设。乌龙茶的泡法，要诀就是一个字：烫。我们老家的人一般是用盖杯泡，然后倒进龙眼大小的小杯子里啜饮。我怕烫手，不用盖杯，我用一把小小的紫砂壶，就是光货（没有花样图案的），器形上我选石瓢、秦权、井栏那些简洁、朴拙的。杯子可以是瓷杯，也可以是紫砂的。

泡乌龙茶，饮水机的水不能用，要另外烧水，泉水、雪水不容易办，我是用纯净水在电热壶内烧开，然后先烫壶，烫壶的水倒进杯中，将两小包的铁观音（如是散装，以装满茶壶的二分之一为度）放入壶中，将一百度的沸水从高处划着圆圈冲入壶中，盖上壶盖，静置一分钟。如果是寒冬，可以用沸水在壶身上冲淋以保持温度。这时可以抽空倒掉杯中的热水，然后把茶斟入温热的杯子，大功告成。

如果要洗茶，可以第一遍沸水倒进去后马上倒掉，然后再加沸水静置。乌龙茶如果第一泡没有用沸水，茶叶就不能舒展，茶味不出，后来再用沸水也无济于事，有点像夹生饭了，那整泡茶就可惜了。多年前我曾经犯过这个错误，被家父发现，他是个可以看人家浪费钱不能看人家浪费茶的人，对我暴殄天物的行为岂能放过，批评了至少五六次，我因此牢记在心。

有人说，可以接受妻子婚后不和自己姓一个姓，却不能容忍她到茶楼不和自己点一样的茶。茶的影响力不能小看呢。我先生是"北人"，但成年后长年在成都，所以和竹叶青、蒙顶黄芽、蒙顶甘露是多年的知己，当了我们南方女婿之后，受闽南老茶客的岳父影响，很快爱上了我们南边的乌龙茶，而且不能自拔，认定铁观音是最过瘾的茶，如同饮食中的川菜，使其他茶黯然失色。后来稍稍扩大范围，武夷岩茶和台湾乌龙茶也列入每天必饮的茶单。这位"北人"如今每天上午喝绿茶，下午到晚上一律铁观音、大红袍、大禹岭、冻顶……总之是乌龙茶到底。在饮茶这件事情上我们算是有共同语言的。彼此都在家时，他泡了茶，总会给我斟上一杯，送到我手边，我喝了不说什么就表示默认，一开口就不是好话："有点熟汤气。"他就老实招认："我忘了马上倒出来，焖过了。"前几天他在电脑上忙，我给斟一杯茶过去，他喝一口，马上说：这是锡罐子里的那个吧？你还舍不得动新来的小铁罐？锡罐子里，是黄山的松萝嫩毫，铁罐子是一位囊中颇有银子的朋友刚送的明前西湖龙井。早上谁先起床，都会先去泡茶，只要不是很匆忙要出门，一般都会给对方倒上一杯，送进去。我到底还是自私些，有时候自己坐在外面都喝了两杯了，才想起来，急忙倒了一杯送进去。这绝对不是举案齐眉，基本上是平等互利的习惯，加上一点利己的小算盘：我现在不给他倒，明天早上我睁开眼也许就看不到那杯及时茶了。及时雨算什么？双眼强睁、口唇干涩、神思不清的时候，那一口及时茶，才是动人心魄，没齿难忘呢。己所欲，先施于人。

既不可一日无茶，出门我一般都自己带茶。一小罐绿茶，一小罐乌龙茶，里面密密实实塞着独立真空包装的小袋子，数量一般是略略多于出门的天数。有时候开笔会遇到也是茶客但是忘记带茶叶的作家朋友，来向我要茶叶，这事用《红楼梦》的语言叫作"讨茶吃"，用诗词的词汇叫作"索茶"，夸张一点就叫"乞茶"。有的交情深的还会打上门来让我泡来喝，我就摇身一变成了"烹茶""奉茶"的人了。茶中同道有一种特殊的交流，因为有茶这个风雅的媒介，彼此都非常愉快。

也有出门不带茶的。比如去南京，或者成都。大概十几年前，我几乎一年去七八次南京，不是出差，没有事情要办，就是逛逛古迹，喝喝茶，有时住上一个晚上，有时不住，就回来了。那时最经常去的是鸡鸣寺的茶馆，可以看到玄武湖的，我第一次到里面，坐下来后发现许多茶客在看我，我不知道为什么，后来才发现茶馆里面清一色的男人，而且老年人居多，中年男子都是点缀，像我这样年轻女子突然出现，确实有点另类。而且邻近的茶客一直用眼角余光观察我，发现我既不等人，也不东张西望，要了一杯雨花茶，独自专心喝起来，于是渐渐放心了——知道我也是真心来喝茶的，便移开了视线，恢复到我进来之前松弛的状态。我至今记得那种气氛微妙的变化，和我自己窃喜的心情。后来我去得多了，茶博士看到我会微笑点头，把我带到我喜欢的那个位置，要是那个位置有人，他们会对我抱歉地笑笑，说："要不您今天换个位置坐坐？"还有一次，我刚进去，邻座的一位老先生对我打招呼："您来啦！今天来得早啊。"我急忙答礼，又和他寒暄几句，心里充满了被自己人接受的温暖。要知道，茶人都是平和温文的，但是一般也是清高自持的，如果他们不认可你，在饮茶时是不会理睬你的，免得破坏饮茶的境界。最近几年不常去南京，心里常常想念那个茶馆，想念用当地的水泡的当地的雨花茶，想念那些面目和善、举止从容的老人们，当然，还有窗外那安静苍凉的玄武湖，那波光和茶烟，真是南京这个六朝古都最有韵味的部分。

北京的茶馆总透着天子脚下的气势，好不好的，都很贵，而且除了茶钱还要另收水费。这在别处闻所未闻，后来看到书上有《清稗类钞·饮食类》记载，才知道是古已有之。清代，京师茶馆"列长案，茶叶与水之资，须分计之。有提壶以往者，可自备茶叶，出钱买水而已"。原来如此，想必那时茶与水都要比别处的茶水合一的费用便宜，这样不但有道理，而且还可以自带茶叶只买水，还不乏以茶会友的忠厚。现在茶资已经如此高昂，再按人头收同样不菲的水费，加上自己带茶叶去肯定是不受欢迎的举动，茶、水分别收费就成了高门槛，茶馆似乎就很难成为一般人早晚流连、乐而忘返之地了。

有一次和几个朋友在故宫边上一家茶馆喝茶，环境不错，但是五个人喝了五六百块，后来一家杂志的主编因为约稿在另一个大茶楼请我喝茶，三个人，居然七八百块。京城的茶费着实惊人，这好像与"茶性尚俭"相去太远了。后来爱上大觉寺慧明茶院的清静，每次到北京都要专门大老远地去一次，消磨上半天时光，才算完了来北京一趟的事。二〇〇六年秋天到北京开会，我父亲去世不久，自己又七灾八病的，朋友们邀请的各种活动都打不起精神参加，有一天大会安排听一个重要报告，可是我只觉得在会场里整个人要崩溃，觉得茫茫天地无处可去，突然想起了大觉寺，于是马上起身叫了辆车，就去了。那天下午，天气阴冷，整个大觉寺几乎没有客人，我进去的那间茶室空调也不太足，两个衣服单薄的服务员看上去比我更冷。我坐在洁净的榻上，守着一大张宽阔而踏实的木桌子，茶上来，茶香溢出，猛嗅了几下，好像劫后余生见了故人，几乎想哭出来，但是酒才是对情绪煽风点火的，茶只会让你渐渐平静镇定。满心悲哀、诸念纷纭之间，我把一壶茶从浓喝到淡，第二壶，从润喝到枯，好像整个人都暖和了，心却苍凉了，但是也安顿了许多。苏东坡在一首谈论茶饮的诗中写道："人生所遇无不可。"那天在大觉寺，我用无数盏茶把这句话送了下去。二〇〇六年十一月十三日，北京大觉寺，如果此生的茶可以喝成铭心刻骨，那就是这一场。

因为单纯的兴趣，在报纸上开了几年写茶的专栏，渐渐被不少人误当成专家，被问许多问题。我最怕的问题是：什么是好茶？这是很难回答的一个问题。几乎和哲学上的"人是什么"一样深不可测。不过，我被人问得多了，有时会反问"人生在世，和谁结婚好？"问者会笑起来："这是什么话？要看这个人是什么样的人，然后看他喜欢什么样的人，或者适合什么样的人。"我笑了起来，因为这就是我的答案，世上没有绝对的好茶，要看喝茶的人是谁。看他（她）的体质、年龄、经济状况、气质、偏好，具体到这样的一个人，才能说什么是好茶，什么是不好的茶。当然也有不管不顾、无理可喻喜欢一种茶的，那就像爱情冲昏头脑一样。世界上有绝对低劣的茶，就像有绝对卑鄙恶劣的男人，绝对粗俗虚伪的女人。也有绝对是假冒的茶，就像有骗子那样。但是世界上没有绝对的、放之四海而皆准、让所有人都喜欢的好茶，就像世界上没有这样的人一样。好茶是相对的，某种意义上，自己喜欢的茶就是好茶。只要喝了舒服，就是好了。最高境界的好茶如好姻缘，可遇不可求，遇上了是缘分，是天机，说不得的。平日里，终究是，也只能是凡茶俗汤的市面。谁若真格不肯退而求其次，也只得有茶时饮茶，无茶饮清水，随缘而安了。

须还我口去

几年前写"茶可道"专栏，写过一篇《春天，想起台湾茶》，说："做梦都想去台湾，到那些古风犹存的茶馆里好好发呆，用闽南方言向台湾茶农请教茶事，但是直到现在，我的台湾之行还是停留在梦想阶段。偶有亲友去台湾带回台湾茶，让我一亲芳泽，聊慰相思，如此而已。"这种情况到现在还是没有改变，虽然去台湾旅行已经大热，但是忙忙碌碌的我，似乎还需要一个有力的契机来推动。还有一篇《一饮倾心说冻顶》，里面说："我对台湾茶最早的印象来自冻顶乌龙。大概是十年前，偶然喝了，觉得香烈、味厚、韵远，直可以与安溪铁观音媲美而风味颇异，惊讶之余，拿起那个沉重的锡罐来看，只见上面刻着'冻顶乌龙'这个名字，一饮倾心，从此不能忘情。"

平时喝乌龙茶以家乡的铁观音为主，加上正宗台湾茶不容易得，所以和台湾茶的缘分很浅，仅限于偶尔在茶馆里见朋友时点一下金萱或者包种，从来不点冻顶——因为价格最贵，而且假冒很多。去年承蒙老朋友徐兄送了我两罐冻顶茶，唤醒了我对台湾茶的念想。说起来，徐兄以各色好茶赠我，斟酌分享茶中滋味，总有十年以上历史，但是这一回的冻顶茶，真是不同凡响。

茶装在一个纸盒子里，盒子上地址电话网址俱全，里面是两个"氮气充填可长期保持新鲜"的铁罐，身份证明非常清楚：罐身上大字开题"冻顶茶"、品级大书"叁等"，下面落款"台湾省南投县鹿谷乡冻顶茶叶生产合作社"，盖上有"冻顶茶叶生产合作社"的凹凸纹样，上面加贴"春茶"和编号的纸质标签，罐底则是"09春茶"和生产日期的凹凸字样。至于分量，每罐写明"净重：300公克±10公克"，这样两罐就是一斤还多（我想：徐兄真是慷慨呢）。还有成分表，这是我在大陆的茶叶罐子上从未见过的。

打开盖子，拉开一次性封盖，只见条索拳曲、紧结成半球形，色泽墨绿油亮，用茶则量取时就感到"茶骨"够重，有下坠感，送入紫砂壶触底铿然有声，其声悦耳，不由暗暗称奇。沸水浇注之后，静候片刻，斟出茶汤，泠泠之际，已觉香气扑烈，一室皆春。汤色鲜亮却柔净，让人想起上等田黄的温润色泽。而一啜入口，其香也醇，其味也厚，唇颊间顿时为之一爽。再三品尝，觉得这茶天生带些出身名门的脾气，中度发酵得也恰到好处，浓酽爽利，端整大气，有一种王者风范。过喉处留下一缕回甘，悠悠回升，袅袅不绝，这便是"喉韵"了。如此好茶，真是让人喜出望外。马上给徐兄发了一条短信，赞叹一番，表示感谢。半天不见回复，我几乎怀疑他是否心疼后悔了，回答来了，却是："好茶送给爱茶人，开心！"惭愧啊！人家是君子。

如此好茶，居然只是"叁等"？我不由仔细看起了罐子上的说明，罐子上除了"高级冻顶茶"五个字以外，下面的说明毫无自吹、夸饰等常见的弊病："优良比赛茶等级包装——为了提升茶叶的品质，鹿谷乡冻顶茶叶生产合作社每年办理春、秋优良茶比赛各一次，将茶叶评为特等、头等、贰等、叁等、三朵金梅、二朵金梅、优级七个等级，以利消费者选购。"这样实实在在，朴朴素素，反而让人觉得素朴可信。前些年许多一般的茶，自诩"特等""精品""极品""茶王"，叫人一喝只会更加失望，而这样的好茶，只是"叁等"，看似本分低调，其实是骨子里真正的矜持，让人对他们的品质之好、评判之严心服口服，而且激发你的向往：三等就这样，头等、特等会是何等光景？天哪，我要去台湾！

说到等级，想起一个笑话。我有个表哥，是医生，又生活在出乌龙茶的地方，他茶叶很多，经常送别人，可是各种乌龙茶包装上要么对等级语焉不详，要么就是自夸"观音王"，但是厂址电话等彻底"三无"，所以每逢要送长辈或者对茶讲究的朋友时，我表哥不得不先"偷喝"一泡。具体做法是：从中抽出一罐，想办法挖开罐底（不少茶罐是金属的，但罐底为一片圆形黑色塑料），费力地抠出独立包装的一小包，自己泡来亲口试过，觉得不错，就再塞上罐底，"原样"送出，如果不好，就留下自己喝。也就是说，在我表哥送出包装精美的茶里，其中有一罐是少一泡的。我当时听了哈哈大笑，不记得有没有答应过他要保密。

揭穿了表哥的这个多年秘密，如果他怪我，我就将刚收到的一罐阿里山高山乌龙茶转赠他，对他说："这是真空包装的一整包，我保证一点都没有偷喝过。"呵呵。

写到这里，又思念起刚喝完的冻顶茶来。这些天喝许多铁观音都觉得逊色许多，有的简直风味全无，不禁暗暗想：由奢入俭难，真是一点不假。张岱在《陶庵梦忆·禊泉》中说，有朋友喝惯了他用名泉亲手泡的茶，和他分别后诉苦说：家里的茶实在进口不得，你得把我的嘴巴还给我（原话是："须还我口去"）。茶生涯中，有福喝到好茶，然后归于平淡，虽苦于一时无法"还我口去"，这烦恼也是一种奢侈吧。

二〇一〇年四月，冻顶别去、龙井来时

茶不知名分外香

2006 年的夏天，真是难。一天一天，不是过，是熬。气温高不说，而且一丝不苟地从头热到尾。不用有其他事，这样的天气就让人觉得"人生就是含辛茹苦"（简·爱语）。何况，在这个夏天里，生离死别的悲伤使人心神散乱、如泥委地。

躲在空调和茶里，但是空调是不自然的阴冷，茶也是越喝越枯。觉得必须出去旅行几天，体力是不允许的，但是心情太需要透气了，几乎是以"豁出去了"的心情出了门。

有一天，来到一座山上，不知道叫什么山，也不高，慢慢走走就到了山顶。山顶没有什么风景，光秃秃的大石头上，只有几个山民在那里提篮小卖。一个卖豆腐干，一个卖酸萝卜，一个老太太也卖豆腐干，但是同时卖茶。我坐到她面前的小凳子上，要了一杯茶。茶几毛钱一杯，她递给我一个一次性塑料杯子。要是平时，我是拒绝这种不能算茶具的容器的，但是如今也无所谓了，就用这个一握就不成形的东西倒了一杯茶。我对这种茶不会抱什么指望，眼睛只顾四下看，糊里糊涂地喝了一口。天哪，什么味道？居然是咸的，而且有股什么药味。看了看颜色暧昧的茶汤，看不出所以然，苦着一张脸问老太太，她说这是草药茶，我说叫什么名字？她用一种介绍自家孩子的疼惜口吻说，就叫作什么什么呀。我问了两遍还是听不懂，问她怎么写，她笑了，转问旁边那个卖酸萝卜的，那个人也笑了，居然是大家都不知道。他们说，这茶在此地很有名，喝了对身体很好，人人都知道，但是大家都不知道写法，天天就这么说，从来不曾想到要写出来给人看。

居然从写字就说到了写文章，老太太说："写文章那可不是容易的事情！那些文人，别看他们坐着，好像不辛苦，其实他们要动脑子，辛苦着呢！"卖酸萝卜的说："那叫脑力劳动，听听，劳动呢，辛苦的。"卖豆腐干的说："也是，做人哪有不辛苦的。"我从来没有在这样的地方听这样的人说这样的话，本来心灰意冷，觉得什么读书什么写作，都是远在另一个星球的事情了，此时此刻竟然觉得这样的话大有意味，足够让我呆呆地想上半天。

正好朋友来短信问候。我回答："我正在一个莫名其妙的地方，听莫名其妙的人告诉我文人写作是怎么回事，喝着看上去喝不死的药茶。"朋友回我："听上去像梦境。"

确实像梦境。山顶的风漫漫吹来，无边无际，让人觉得此情此景很适合号啕，又让人觉得根本不必悲苦而应该心境空明，这样傻坐着傻喝着，都不想下山去了。我在心里不停地说，夏天快过去，夏天快过去，今年也快过去，都快过去吧。继续喝那个茶，一杯又一杯，一杯是：众鸟高飞尽，孤云独去闲。一杯是：我醉欲眠卿且去，明朝有意抱琴来。不记得到底是几杯了，老太太好像也没有在数。渐觉唇齿清润，回甘满喉。

朋友的短信再来："你还在喝茶吗？"

在喝。此地此刻的一盏茶，让人舍不得去。

"什么好茶？怪馋人的。"

我答："茶不知名分外香。"这当然是改了辛弃疾的"花不知名分外娇"，但是当时实在切景切题，几乎不假思索脱口而出。后来我分别给这句对了两个上联，"云无定所悠然去　茶不知名分外香""泉无来历依然净　茶不知名分外香"，回头再一想，一句是说天，一句是说地，小小一盏茶，竟什么都压得住？

而那不知名的山上那不知名的茶，他日若有缘重逢，我再也不问它的名字。

及时雨，及时茶

有享受下午茶传统的英国人，表示不喜欢什么的时候，是这样表达的："这不是我的那杯茶。"我喜欢这种用茶来代替"口味""兴趣"的表达，够含蓄，而且典雅，带着淡淡的幽默。

回到茶本身，喝茶的人固然常常有自己的偏好，每个人都有自己的那杯茶，这不消说得。但是对茶的感受，不仅仅取决于是不是自己的那杯茶，也不仅仅取决于"二十四宜"之类的饮茶环境，还取决于那茶出现的时机。茶固然要在一定水准之上，但是在此先决条件之下，茶与人什么时候相遇就成了决定性的了。这有点像婚姻。其实世上哪有什么命中注定的唯一的另一半？在一定条件之内，本来有许多可以选择的人，你现在选择的这一个，之所以是她（或他），往往因为这个人在某个关键时刻正好出现。就像一杯茶，来得早，你不想喝，来得晚，你已经喝过了，正想喝茶，茶来了，就是你的那杯茶了。

对于农民和农作物来说，及时雨是上苍的恩惠。对于爱茶、依赖茶、一天之中不能离开茶的人来说，一杯及时茶完全具有同样的意义。什么是天下第一好茶？就是在你口渴、咽干、眼涩、心烦、神疲，觉得魂不附体时，端到你面前的，清香扑鼻、不冷不烫的那杯茶。几口茶汤入口，潺潺过喉，沁入五脏六腑，真如雨过天青、忽然花开，又如拨云见日、再世为人，那种幸福之强烈之刻骨铭心，大概只有坠入爱河可以相提并论。

明人冯梦龙在《古今谈概》中记载了一个极端的例子：

（明）太祖尝至国子监，有厨人进茶，偶称旨，诏赐冠带。有老生员夜独吟云："十载寒窗下，何如一盏茶！"帝微行，适闻之，应声云："他才不如你，你命不如他。"

中国的皇帝是不讲理的祖宗，朱元璋这个农民皇帝更是纯正的流氓加暴君，这种人根本不知道天下有"理"字。但是这次，是他所有不讲理之中最人性化的一次。可以想象，那可能是个困倦的午后或深夜，朱皇帝可能正好又累又困又渴，正好那个厨人送来了一盏还魂的香茶，自然使他大为满意，而且印象深刻，记得赐他冠带。而那些十年寒窗的呆子，他们读的圣贤书，和这个连《孟子》都要删改的土皇帝有什么相干？怎比得上一盏"及时茶"的强大功力？他一向杀人如麻，这回听见牢骚而不予追究，就算那个老生员命大了。

不说古代，回到当今。爱茶的人如果陷入无茶可喝的窘境，也是类似于苦难的体验。作家裘山山是这样描写的：她有一次参加会议，"到了那儿才发现，会场是露天的，由于人多，除了坐主席台上的人享有热茶外，其他人都只能干坐。我坐在会场的椅子上，眼睛四处滴溜溜地转，想找一杯茶。可瞟了半天，才瞟到墙角有个和茶相关的东西，热水瓶。我总不能把热水瓶抱起来喝吧。……那个时候，对热茶的向往已远远超过爱情。

"就在这时，我听见一个女人很轻柔的声音：'山山，你是不是想喝茶？'跟我说话的是省作协的曹蓉，一个很温和很清秀的女人。她像变戏法一样拿出一个装在保鲜膜里的纸杯，杯里已经放好了茶叶。

"当时我的心情，真可以形容为狂喜。我都没顾上问她怎么看出我想喝茶的，拿上纸杯，直奔刚才已经瞟见的那个热水瓶，迅速将茶泡上。三分钟以后，我就喝上热茶了。那种熨帖，从口里直抵心间。"

这篇写于两年之后的文章是这样结尾的："曹蓉，谢谢你的一杯暖茶。"

一杯及时茶，简直成了大恩情。这种情状，不爱茶的人觉得不可思议，爱茶的人却都能会心一笑。

中国顶级茶人张岱说：天上一夜好月，得火候一杯好茶，只可供一刻受用，其实珍惜之不尽也。我则怀着最虔诚的心祈祷：今生今世，愿爱茶人的那一杯茶，总是来得正及时。若有这一份甘甜，茫茫人生，也挨得过了。

人世真局促

爱茶又爱诗，读了茶诗无数。最令我心醉神往的，就是这两句了：乳瓯十分满，人世真局促。

这是苏东坡咏茶长诗《寄周安孺茶》中的诗句。唐宋人饮茶，以茶汤多沫为佳，沫白如乳，所以常用"香乳""细乳"来指代茶汤，"乳瓯"就是盛茶的茶器。这两句诗的意思可以理解为：茶器里的茶汤可以注到十分满，人生在世就有种种欠缺，不可能这样圆满了。或者，进一步：满是茶汤的小小茶杯真是广大，杯外的人世反而狭小局促。但是，这十个字的涵义似乎远不止这些。说不清但能体会到，真是——醍，醐，灌，顶。

茶芳冽洗神，其清入骨，除了实用和享受层面的益处，还有一些精神层面的特殊功能。

有人认为"艺术修养高的人，借助茶的媒介，使自己获得一种特殊的时空感，……取得心理的平静"（王从仁《茶趣》）——这话说到了点子上。

有人则是在桃花源品茶之后，漫步竹径，细雨清风之中，竟觉得说不定在这小径深处，会意外地遇上弃官归田的陶渊明（林子伟《喝擂茶记》）。——茶兴、茶爽，使时空发生了转移。

类似的感觉，苏州人说得更透彻，更天经地义：如果一个人到园林喝茶，有两种状态，一是把园林当成自己的家，二是"觉得园林里是能遇上古人的，或者他们将自己就当成古人了，他在拙政园泡好茶，好像唐伯虎已经到北寺塔了，唐伯虎也是闲来无事，出了桃花坞的门，散着步一路走来……"这是苏州人陶文瑜的版本。这样的异想天开，实在是茶带来的乐趣和幻梦。

说到幻梦，梦与真实的边界有时是模糊的。苏东坡元祐四年（1089）到杭州，作《参寥泉铭》，铭曰：

在天雨露，在地江湖。

皆我四大，滋相所濡。

伟哉参寥，弹指八极。

退守斯泉，一谦四益。

余晚闻道，梦幻是身。

真即是梦，梦即是真。

石泉槐火，九年而信。

夫求何信，实弊汝神。

所谓"真即是梦，梦即是真。石泉槐火，九年而信"，说的是苏东坡亲身经历的一件奇事。熙宁四年至七年（1071—1074），苏东坡任杭州通判，与诗僧道潜（号参寥子）友情甚笃。元丰十三年（1080）东坡谪居黄州，一日夜梦参寥师携诗相见，似乎是一首饮茶诗，醒来后只记得其中两句："寒食清明都过了，石泉槐火一时新。"梦中东坡问道："火固新矣，泉何故新？"答曰："俗以清明掏井。"九年后，苏东坡再度来杭州，在寒食那天去参寥子卜居的孤山智果精舍相访，"舍下旧有泉，出石间，是月又凿石得泉，加冽。参寥子撷新茶，钻火煮泉而瀹之"。和九年前梦中情景完全相符，谈诗论茶之梦，九年后居然应验，苏东坡大为惊奇。

茶秉天地至清之气，一般嗜茶之人可以之清心养志，忘忧出尘，忘记身处何时何地何种处境。像苏东坡这样文化修养极深厚、感悟力极强的人，可以借助茶获得非现实的时空感觉，并且通过对人对己的心理暗示将它实现。这可能是这个趣闻唯一合理的解释。

"乳瓯十分满，人世真局促。"只有对茶、对人生都有着最深体验的人，才写得出这样的诗。我认为，这触及了茶饮的终极意义。也可以反过来说，人世真局促，乳瓯十分满。正是因为人世有太多的龌龊，所以需要茶的清洁；正是人世有太多的缺憾，所以需要茶的圆满；正是人世有太多的局限、仓促、无奈，所以才需要茶里的舒缓从容、无边自在……饮茶带来的特殊时空感，是虚幻的，又是真实的，它无限广阔，澄清无尘。

日常是灰败，茶是鲜明照眼。

人生是干枯，茶如秋水盈涧。

现实是暗夜，茶如明月当头。

世道是炎热，茶如清风拂面。

身临其境，似有我，若无我，身外之物化作烟雾散去，似乎天地间只剩下一个我，一盏茶；刚刚找到自己又飘然忘却此身。"长恨此身非我有，何时忘却营营?"茶烟轻飏，茶香缭绕，茶甘在喉，当此际，说忘也就忘了。

也许，使人们对茶恋恋难舍的，归根结底，不是因为百般功用，不是因为千般风雅，而是这种在短暂的人生、局促的人世中找到片刻自在的感觉。

一春心事在新茶

"盼望着,盼望着,东风来了,春天的脚步近了。"
这是早年从课本背诵下来的朱自清的名作《春》的开头。
我对十足君子的朱自清先生抱有敬意,把他的名句篡改
成"盼望着,盼望着,东风来了,新茶的脚步近了",实
在是情不自禁,情非得已。

如果没有新茶,春天有什么好盼望的?

对我来说,春天常常是令人烦闷的季节。冷暖不定,
黏黏糊糊的雨水,突如其来的风沙,杂乱无章的植物,
"又是一年了"的压力,满城多发的感冒和花粉过敏……
日本作家吉本芭娜娜说过,春天有一种"势"。在我看
来,春天简直气势汹汹,人需要在身体和心理上有足够

的能力与之抗衡。

幸亏有新茶。对于喝茶的人来说，一年之计在于春，是个千古不变的真理。总是这样的，到了春节，细水长流的春茶或者后来补充的秋茶，就喝得差不多了，剩下的，其色香味也都是明日黄花了。但是算来还在二月，春天还停留在节令名称上，少不得忍耐，斟上一杯陈茶，聊胜于无地喝下去。其实只要保存得当，茶叶的"陈化"也还可以接受，但是心理很难哄骗。就像那些明星，虽然脸上看不出一丝皱纹，但是出道已经老普洱茶般的"不记年"，怎么也不能让人觉得年轻。喝陈茶，就像对着这样的明星，还要叫他"男生"、呼她"女生"一样。

然后熬到了三月，存茶眼看断档，但绝不甘心去买陈茶，这是黎明前的黑暗。开始心神不宁：今年新茶不知会不会如期上市，品质好不好？几乎是近乡情怯了。哦，不是近乡，是近"香"。

清明快到了。关于新茶的消息开始撩拨人们的神经。如果天气好，报纸上预报的各地开采新茶的日子可以精确到一天不差；如果老天不作美，比如遇上倒春寒什么的，那受影响的，不仅仅是娇嫩的茶叶，还有我们的心情。

明前茶自然是极好的，那好不在新，不在嫩，也不在物以稀为贵，而在它来得及时。就在希望和绝望两军对阵、胜负难料之时，它的到来，一下子奠定了局势。但是，明前茶产量少，而且贵，难免曲高和寡，等到雨前茶仙女下凡，所谓"兰亭步口水如天，茶市纷纷趁雨前"，新茶终于来了！古人折了梅花寄给远方的朋友，"江南无所有，聊赠一枝春"。我总觉得这应该是说茶，有一次寄新茶送人，真的就写了这两句，明知故犯了。

过去关于新茶的传说是：只能由年轻的未婚女子来采，采下来的茶叶不放进竹篓而是含在口中以保持茶叶的纯正和新鲜（信阳毛尖），新茶采后不用火焙，而是用薄纸包裹，置于女子胸脯上，"蛾眉十五来摘时，一抹酥胸蒸绿玉"，确保纤芽细叶绝不焦卷（碧螺春），等等。现在呢，伴随着新茶而来的是名茶"反盗版"、产地争抢采茶女之类的消息，还有骇人听闻的天价。

新茶几乎是艺术品。芽如嫩玉，色如曙光，吹气如兰，沁人心脾，一饮之下，实在是难以言说的享受，几乎可以算作现代人心理治疗的一种。因此，等茶、买茶，成了一春的心事。

陆游诗我独爱这一首："世味年来薄似纱，谁令骑马客京华。小楼一夜听春雨，深巷明朝卖杏花。矮纸斜行闲作草，晴窗细乳戏分茶。素衣莫起风尘叹，犹及清明可到家。"世味薄，想必那时茶味犹厚。如今不知为何，连茶味也只管一年年淡了，做人真是越发的难了。

寒露啜茗时

　　疲劳类似于微醺，而连续七天工作的疲劳，是薄醉了。10月15日，宝贵的休息日。睡眠的主要作用不是充电而是清空，通过切断白天辛苦的思维和各种梦的释放，将所有的压力送入另一个空间。然后醒来，迷迷糊糊地觉得一切都还来得及。

　　秋天了，天薄阴。满屏都是诺贝尔文学奖和鲍勃·迪伦，初听见这个消息，自然是瞪大眼睛的，然后便笑起来了。一半艺术，一半娱乐，多么好。除了极少数睡梦里也想获奖的人，所有人都在笑，多么好。

　　诺奖不诺奖，民谣不民谣，吃茶去。我喝我的茶。

　　用一柄掌心大小的浅豆绿色段泥壶，样子是一粒珠，壶钮下多一圈柿蒂纹，色调和式样，泡大禹岭都很适宜；壶嘴短，出汤非常畅快，不用滤盏，直接斟进天青色龙泉杯里，水声泠泠悦耳，方觉清香绕鼻，又见色泽悦目，啜一口，口腔顿时苏醒，再一口，喉咙里隔夜的闷气也散了，一时间五感全开，有几分重新做人的喜悦。

秋天了，我已经不能喝绿茶了，这么些年，向来只有夏天一季能喝一些绿茶，入了秋，就都是乌龙茶，由秋入冬，则一半乌龙茶一半红茶。乌龙茶系列很多，各有妙处，比如眼前的大禹岭，香高而清爽，滋味爽利而归于圆润温文，不像冻顶那么扑烈钝重，也不像武夷岩茶般带一些浑厚蛮力，特别适合充当早上的"还魂茶"。

随手拿起顾随先生的书，一读，又处处觉得他可爱。

"唐人诗不避俗，自然不俗，俗亦不要紧。宋人避俗，而雅得比唐人俗得还俗。"做人也是如此，有的人刻意避俗，结果让人发现其俗在骨；若是认定"俗也不要紧"，就不会起念造作，自然就举止大方。

说到"大方"，顾随说初唐作风，有一点"是气象阔大，后人写诗多局于小我，故不能大方"。局于小我，是小气；气象阔大，才是大方。

"'定于一'是静，而非寂寞。"此语是极。如今往往苦于不得清静，日日嘈杂，心里反而寂寞。

说李白《乌栖曲》"东方渐高奈乐何"一句"不通"。但是李白是用古乐府的《有所思》中"东方须臾高知之"句呀，顾随谁的面子都不给，直批"古乐府此句亦不好解"。真正的学问家，在于别人看不明白的地方他看得明白，别人都自以为明白或者不明白装明白之处，他敢于说出其实根本看不明白。

关于读书人，他说："一个读书人一点'书气'都没有，不好；念几本书处处显出我读过书，也讨厌。"这是真话，却率真任性，令人莞尔。

他又说王维，说王右丞的诗韵长而格高、境高，"虽写起火事，而心中绝不起火"，但"古书中所谓'高人'，未必是好人，也未必于人有益。"他拿陆游来对比——"放翁所表现的不是高，不是韵长，而是情真、意足，一掴一掌血，一鞭一条痕。"从未想过，醍醐灌顶。

杜甫的"莫思身外无穷事，且尽生前有限杯"，一般人看作牢骚，或者无奈颓唐之语，顾随却说这看似平常，其实"太不平常了"。"现在一般人便是想得太多，所以反而什么都做不出来了。'莫思身外无穷事'是说'人必有所不为'，'且尽生前有限杯'是说'而后可以有为'。"别出新解，启人新思。

他说中国文学缺少"生的色彩"，欲使生的色彩浓厚，须有"生的享乐""生的憎恨""生的欣赏"，"不能钻入不行，能钻入不能撤出也不行。在人生战场上要七进七出"。这样的话，我等虚弱怯懦、"不中而庸"的人，连击节都不配。

顾随是艺术和人生天真赤诚的热恋者，所以他有骨气、血气、孩子气而没有仙气，他说"人生最不美、最俗，然再没有比人生更有意义的了"。从未读过、听过这样彻底的话，用《红楼梦》里的话说，真是叫人"念在嘴里倒像有几千斤重的一个橄榄"。

"人要自己充实精神、体力，然后自然流露好，不要叫嚣，不要做作。"谨记了。

可是"充实精神、体力"非一日之功，过了午，又倦怠起来，而且无端有点烦闷。何以解闷？唯有喝茶。

武夷岩茶吧，正好有极好的"牛肉"。牛肉？不饮武夷茶的人乍听必定愕然：喝茶怎么喝出牛肉来了，难道还要喝马肉吗？正是，还有"马肉"呢，其实"肉"是武夷岩茶中的一个品种"肉桂"，因产于牛栏坑和马头岩的均负盛名，热衷者便以"牛肉""马肉"来称呼了——"牛肉"，牛栏坑肉桂是也，"马肉"，马头岩肉桂者也。这两款茶，香气和味道都很霸道，岩韵十足，喜欢的往往是老茶客。要说区别，"牛肉"采用传统古法炭焙，像个上了年纪的江湖大侠，霸气比较收敛，而骨力苍劲而持久，五泡之后骨气不倒；而马肉张扬爽快，是比较年轻的侠客，光明磊落，气势夺人。

武夷岩茶中的大多数，总有一股苍凉山野的气息，与江南绿茶的温柔细腻、云南滇红的甘甜圆润很不一样，饮之似有一股自由而开阔的山风迎面扑来，化作一股真气灌注全身。

这样的茶，在秋声乍起的时节，尤其是有点困倦的午后，最是相宜，壶用一把曼生石瓢，简洁的光器，一点装饰也无，泥是八十年代的底槽青。注沸水，稍候，用滤盏滤进一个日本清水烧的小杯里，杯子里是纯白的，茶汤的颜色看得很清楚，比大禹岭的微黄要深得多了，光泽颇像琥珀，但色比寻常琥珀要深，让我想起雨中山民穿的蓑衣。

武夷岩茶，最适合做午后的提神破闷茶。

到了晚上，茶都淡了，也不便再泡其他茶，怕搅了白天茶兴的余韵，便淡淡泡了一壶正山小种，手握杯子站到阳台上，发现不知何时天气转好，夜色清朗，有月，有云，云时笼月，而月有晕。不远的地方，桂花开了，我看不见，但那种馥郁，一下子熏透人的魂魄。

明末张大复《梅花草堂笔谈》中有《此座》篇："一鸠呼雨，修篁静立。茗碗时供，野芳暗度，又有两鸟咿嘤林外，均节天成。童子倚炉触屏，忽鼾忽止。念既虚闲，室复幽旷，无事坐此，长如小年。"

写这篇的时候，他已经是一个盲人，但是对"虚闲"体味得比我们看得见的人更真切。

饮茶，其实是品味时间，浸在茶汤中的许多瞬间，分明感觉到："时"是无"间"的。

一直喝着茶，却已经是寒露了。

茶心即闲心

没有一种饮料，可以像茶这样，集彻底的平民化与贵族精神于一身了。

说她贵族，是因为古时饮茶十分讲究。茶要珍品，水要甘泉，素瓷雅轩，落花茶烟。有时更要红巾翠袖、纤手捧盏。完全不是寻常人家可以消受的。可是她又是彻底平民的，因为野老村夫也能于树荫下捧一个茶壶，慢慢品尝他们的自制茶。而茶楼里老少咸集，谈笑无拘，共享生活乐趣，发泄胸中怨忿，也是拜茶所赐。

关于茶的诗词、文章可谓多矣。可是茶的精神的核心是什么？是卢仝所说的润喉吻、破孤闷？还是医学角度的除油腻、驱睡魔？还是茶道崇尚的"清、和、敬、寂"？都是，又都不是。茶的精神，我认为尽在一个"闲"字。

"龙焙东风鱼眼汤，个中即是白云乡。更煎双井苍鹰爪，始耐落花春日长。"——这是春天的"闲"。"南州溽暑醉如酒，隐几熟眠开北牖。日午独觉无余声，山童隔竹敲茶臼。"——这是夏天的"闲"了。而"觥船一棹百分空，十岁青春不负公。今日鬓丝禅榻畔，茶烟轻飏落花风。"——这是历经沧桑的"闲"。"自汲香泉带落花，漫烧石鼎试新茶。绿阴天气闲庭院，卧听黄蜂报晚衙。"——这是怡然自得的"闲"。

古人实在是懂得享受"闲"趣的。而我们今日，胜古人处固然多多，不如古人处也不如得可怜。在国外常见罐装饮料的广告，都是上班族一边大步流星地赶路，一边胡乱往嘴里倒，倒完了喘口气，道一声："好喝！"又匆匆而去。原先的创意大概是想表现产品的方便、不耽误时间，可是看得人无端地心烦。那样的忙忙乱乱、毛毛糙糙，实在是于茶格格不入，也只能喝罐装饮料了。

罐装饮料风行也许是合乎现代节奏的潮流，而品茶与今天的时尚却是背道而驰。因为茶不仅要沉静从容地泡，还要平心静气地细细品味。而今天的时尚却是快速、速成、动感、刺激。如果是满身焦躁、满心俗务，喝茶也是喝不出滋味、净化不了精神。所以今天时髦的"成功人士"真正爱茶的并不多，清贫恬淡之士却多茶客茶痴。

今人喝茶，其实不用过分讲究，什么"素手汲泉"，什么"松风竹月"，都不必苛求，只要有一个安静的空间，一段悠闲的时间，就可以体验"素瓷传静夜，芳气满闲轩"的情趣。只是那"静""闲"二字，于今却是有些难求。

何处无水，何时无茶，但少闲人、闲心罢了！

饮茶之宜

几年前到杭州，到青藤茶馆，品啜之际，望见墙上一首诗《青藤小记》，诗曰："春泉一盏雨前芽，踏进青藤似到家。日照西子高屋暖，开门只见满湖茶。"在那种环境中冷不丁读到这样一首打油风格的作品，不禁失笑，指给同去朋友看，她更是将嘴里的茶喷了出来。没有见到满湖茶，弄了个满桌茶。那首诗虽然可笑，但是也知道自己的优势所在——品茶的环境啊。

杭州有了西湖，或行或止，或饮茶或品馔，无一不活。今年再去，青藤已经搬了地方，气势更大，装潢更胜，而且不见了那首诗。只是开门还是看不到西湖，这个很可惜。湖畔居就在湖边，仗着地利，一千年也不输给别人。还有汪庄、郭庄这些喝茶的好去处，手里是龙井茶虎跑泉，眼里是好湖光好山色，清风徐徐，恍若身在天上，不知人间今夕何年！苏州人，虽然没有西湖的风月无边，可是他们有好园林，亭台楼阁、曲径通幽、丝竹评弹、四季花卉，也添多少茶兴雅趣。

古人早就重视品茶环境，甚至比今人的讲究更多。

刚才说到青藤，这个茶馆名应该是由徐渭而来的，徐渭，明代文学家、书画家，字文长，号天池山人、青藤道士。这是一位文化史上的奇才、怪才，诗文书画皆擅，自称书法第一，而长于行草；也擅杂剧，著有《四声猿》，直接影响了汤显祖等优秀剧作家；绘画在艺术史上地位更高，他善画水墨花竹、山水、人物，淋漓恣肆，多有创造，堪称一绝。郑板桥对他十分崇拜，自称"青藤门下一走狗"。他也是一位茶专家。他的《煎茶七类》，既有真知灼见，又是茶文化和书法艺术合璧的精品。其中的第五是《茶宜》："凉台静室，明窗曲几，僧寮道院，松风竹月，晏坐行吟，清谭把卷。"《徐文长秘集》又有"品茶宜精舍、宜云林、宜寒宵兀坐、宜松风下、宜花鸟间、宜清流白云、宜绿鲜苍苔、宜素手汲泉、宜红装扫雪、宜船头吹火、宜竹里飘烟"，说的都是和品茶相宜的环境和氛围。

明代有位冯可宾，字正卿，益都人，曾任湖州司里，清朝后，他隐居不仕，嗜茶。他就饮茶的时间、地点、器具、茶伴、意境等做了一番总结，共有七忌：一不如法，二恶具，三主客不韵，四冠堂苛礼，五荤肴杂陈，六忙冗，七壁间案头多恶趣；十三宜：一无事，二佳客，三幽坐，四吟咏，五挥翰，六倘伴，七睡起，八宿醒，九清供，十精舍，十一会心，十二赏鉴，十三文僮。

古人认为"必贞夫韵士乃能究心耳"（明末文震亨语）。冯正卿正是这样的"贞夫韵士"，所以能得茗之真谛。

还有饮茶二十四时宜的说法。明代许次纾《茶疏》"饮时"条有"心手闲适、披咏疲倦、意绪纷乱、听歌闻曲、杜门避事、夜深共语、明窗净几、风日晴和、轻阴微雨、小桥画舫、茂林修竹、课花责鸟、荷亭避暑、小院焚香、酒阑人散、清幽寺观、名泉怪石"等二十四宜。

又"茶所"条记:"小斋之外,别置茶寮。高燥明爽,勿令闭塞。壁边列置两炉,炉以小雪洞覆之,止开一面,用省灰尘腾散。寮前置一几,以顿茶注、茶盂,为临时供具,别置一几,以顿他器……"

这里提到了茶寮,就是专供茶事活动的固定场所。茶寮的发明,是明代茶人的一大贡献。屠隆《茶说》"茶寮"条记:"构一斗室,相傍书斋,内设茶具,教一童子专主茶设,以供长日清谈,寒宵兀坐。幽人首务,不可少废者。"张谦德《茶经》中也有"茶寮中当别贮净炭听用""茶炉用铜铸,如古鼎形"等语。

但是,正如《煎茶七类》开篇"人品"所说,品茶一事,第一条要看人。"煎茶虽凝清小雅,然要须其人与茶品相得。故其法每传于高流大隐、云霞泉石之辈,鱼虾麋鹿之俦。"人品与茶品相得,则是乐事、韵事,反之,用《红楼梦》里的一句话,"也没这些茶你糟蹋!"

小娘子，叶底花

那日读到一首民歌时，不由得独自笑了起来。这首民歌在陆游的《老学庵笔记》里记录着："辰、沅、靖各州之蛮，男女未嫁娶时，相聚踏唱，歌曰：小娘子，叶底花，无事出来吃盏茶。"

我笑，是因为民歌很有趣，还因为想起在日本关西旅行时，导游是个漂亮的女性，途中被问到是否结婚了，她回答说结了。几个男同胞追问当初那个幸运的家伙是如何开始第一步的，她笑着，故意用浓重的关西口音，模仿男人的粗嗓门说："姐儿，去喝杯茶？"

原来，不一样的民间，一样的借茶传情。只是咱们的"小娘子，叶底花"，将待嫁的少女，形容成藏在叶底的花，羞容半掩，分外动人。若是她同意出来约会，就如同拨开叶子，露出鲜花的真容，该是何等娇艳动人，这样的约会确实令人向往。这样的开头，有些接近《诗经》的"比、兴"手法，但是即便全不理会这些，听上去也赏心悦耳。这样的邀请，何等巧妙，何等妩媚，胜过日本多矣。

无事出来吃盏茶，男人可以这样邀请女子，女子也可以"以茶的名义"采取主动。有一首《竹枝词》正是如此："溢江江口是奴家，郎若闲时来吃茶。黄土筑墙茅盖屋，门前一树紫荆花。"这位大胆率真的女孩子，不但邀请看上了眼的帅哥，而且留下了家庭地址，可能因为没有门牌号，所以详细告诉了对方自己家的特征。郑板桥曾手书此诗。

郑板桥一生除了爱竹，就是爱茶，安于"对芳兰，啜苦茗"的清贫，向往"茅屋一间，新篁数竿，……一盏雨前茶，一方端砚石，一张宣州纸，几笔折枝花"的生活，对联名句"楚尾吴兴，一片青山入座　淮南江北，半潭秋水烹茶"及"墨兰数枝宣德纸　苦茗一杯成化窑""汲来江水烹新茗　买尽青山当画屏"等，里面都有茶的踪迹。除了上面这首《竹枝词》，他的一首"不风不雨正晴和，翠竹亭亭好节柯。最爱晚凉佳客至，一壶新茗泡松萝"，更是极写对茶的珍视。他在《扬州杂记》中还记下了自己因茶结良缘的韵事：某日，郑板桥到扬州城郊游玩，进一户人家赏杏花，里面有个老妇人，"捧茶一瓯"，请他到茅亭小坐，郑板桥喝着茶，看到壁间所贴，都是自己的诗词。得知来人正是郑板桥之后，老太太惊喜地叫女儿出来相见，这家的姑娘打扮得楚楚动人地出来，请求郑板桥手书他的作品《道情》十首，郑板桥书毕，又写了一首词，流露了爱慕之意，老太太便说：听说您丧偶，何不娶了我家丫头，她挺不错，又爱慕您的才华。于是就以刚写就的一阕词订下了婚约。几年后，这家姑娘经受了穷困和利诱的考验，郑板桥也考取进士，终于和这个姑娘结为连理。当初的那盏村野之茶，竟吃出了一往情深的选择，品出了悲欢离合的人生况味，实在颇有戏剧性。

　　吃茶，吃茶，一杯茶在手，清香袅袅，真味无穷，多少话可以慢慢道来，多少情意可以缓缓表白。如此品茶，难免小儿女之意不在茶，在乎你侬我侬的感情交流，和禅宗的机锋语"吃茶去"的境界当然迥异，但是各有各的真趣。况且爱情也是千百年来参不透的禅呢。

有情也好，无情也罢，吃茶去！

各自喝茶去吧

茶堪称中国"国饮"，客来奉茶、以茶会友、相互赠茶，都是古已有之的风俗、习惯，几乎成了许多中国人不假思索的下意识：客人来了，往往一边问候，一边就去取茶罐茶具；朋友见面，真的有话要说或喜欢清净聊天的，就会舍筵席而取茶叙；至于做礼物，从富有的王室到清贫的书生，从忙碌的商人到悠闲的隐士，从白发老者到青春红颜都合适，除了茶，谁想得出第二样？真所谓"君子小人靡不嗜也，富贵贫贱靡不用也"（宋人李觏语）。

古之君子，收到茶的馈赠，一般有三种反应。坦然自得的："不寄他人先寄我，应缘我是别茶人"（白居易），——他不先寄茶给别人独独寄给我，是因为我是个善于鉴茶的行家；充满感激带一点不安的："愧君千里分滋味，寄与春风酒渴人"（李群玉）；还有就是别有怀抱借题发挥的："收藏爱惜待佳客，不敢包裹钻权幸"，这是一肚皮不合时宜的苏东坡，他说要把好茶珍藏等待有品位的客人，绝不会像势利小人那样，拿它去钻营权门。

时常收到师友们送的茶，可惜不会吟诗，否则会有许多首"谢赠茶"问世。但"愧君千里分滋味"的心情是有的。

作家毕飞宇，一次要参加一个作家代表团去台湾，早早许诺带台湾茶来，然而行程一拖再拖，我几乎忘了。后来去南京，先见了另一个作家朋友贾梦玮，他居然马上拿出一盒茶，说是毕飞宇给我的。是台湾的高山茶，虽然不是冻顶，但是香气和滋味都是"端正好"，后来问价钱，约合人民币500元半公斤。这比安溪铁观音便宜了不少，如今的上等铁观音，动辄上千元了。对了，毕飞宇平时不喝茶，喝乌龙茶更有茶醉的痛苦经历，台湾买茶时他请当地的行家当了参谋，外行不充内行，不失聪明人本色。

作家裘山山肯定不记得她送过茶给我。我们到海南开笔会，住在一个房间，她是杭州人，生活在成都，两处都是茶香满城的地方，自然讲究，出门自己带茶不说，还是特级竹叶青，而且是最合理的小包装，一包一泡的那种。卸下行李，她泡了一杯给我，碧清鲜爽，香气扑鼻，我连呼好茶，临别时，她把剩下的几包都给了我。那小包袋的设计也很清雅，墨白两色，没有一句絮叨广告，除了写明"四川省峨眉山竹叶青茶叶有限公司"之类外，就是老子《道德经》里的一句话："静胜躁，寒胜热，清净为天下正。"受教育之后再喝此茶，越发觉得肺腑如洗、尘心暗息。

评论家施战军，有一年来上海时送了我两罐崂山绿茶。一看是曲条形绿茶，颜色并不翠绿鲜亮，而是青苍泛白，怎么像陈茶？谁知一泡，隐藏着的绿就显现了，汤色嫩绿明亮，清香细细，一啜，滋味竟比汤色更绿了一层，让我惊喜不已。后来见《茶录》里有"黄白者，受水昏重；青白者，受水鲜明"。这就是了。也许是抑扬之间反差大，觉得这个茶格外有意思。只是名字失之泛泛，不如改成"崂山黛眉"，形色兼具，或者单取个气势，叫作"崂山苍"。后来又遇一款"崂山和茶"，与之十分相近，应为近亲。

还有成都的黄海波，那个喜欢窦文涛、自己也很有趣的人，送过广安松芽和峨眉山的仙芝毛峰。还有许多朋友——说不过来了。

茶喝下去了，一声谢却不容易出口，怕一出口，谢不尽情义，却谢落了半城烟柳千树春花。好像是简媜说过——"说完之后，各自喝茶去吧，有的滋味会流入心里，有的消逝。茶还是茶。"正是呢，趁着清明谷雨时节，千里共好茶，各自喝茶去吧。

茶边话

关于饮茶，其中的奥妙、规矩、忌讳实在是多如天上繁星的。之所以这样比喻，是因为没有人能认识所有星星，但是星空却是美妙的，饮茶的各种"说法"亦然。

许多常规的说法是耳熟能详的，比如，空腹饮浓茶会茶醉，比如，对待不同的茶要用不同的热情（水温），等等。这算大道理。而各个地方甚至各家各户都有一些五花八门的小说法。

读到冯亦代先生的《品饮与饮牛》，里面说到"我小时候祖母是不许我饮冷茶的，说饮了冷茶，便要手颤，学不好字了。"冯先生祖母的训示让我想起《红楼梦》里薛姨妈和宝钗劝宝玉不要喝冷酒的那一段，先是薛姨妈说喝冷酒使不得，吃了冷酒，写字手打颤儿，然后宝钗说，"宝兄弟，亏你每日家杂学旁收的，难道就不知道酒性最热，要热吃下去，发散的就快；要冷吃下去，便凝结在内，拿五脏去暖他，岂不受害？……"这话听之俨然，到底如何，却未可知。喝冷的东西有那么严重吗？许多外国人一年到头地喝冷水、喝冰水，也没见他们怎么受害，反倒壮实得很，难道他们的五脏是寒带植物，而中国人的五脏就是温带甚至热带植物吗？再说，若说酒性最热，所以不能冷吃，那么茶性一般偏寒，为何冯先生的祖母也不让喝冷的呢？冯家老太太和宝姐姐，总有一个是错的。本能的，我不太喜欢什么都懂、好为人师、过于世故的少女，所以要我投信任票，我宁可投冯家老太太一票。

英国人对下午茶的热爱，到了有人说"茶是英国病"的地步。但据说西人绝不请初见面的人喝茶，总要到相见几次之后、觉得渐渐融洽才会一起喝茶。所以苏雪林读徐志摩会见哈代记里说"老头真刻啬，连茶都不叫人喝一盏"，马上判定徐志摩在开玩笑，因为他在外国甚久，应该知道西人的这个习惯。吉辛在写到下午茶时也说，老朋友来访喝茶不亦快哉，若是生客闯来喝茶不啻渎神。如此看来，他们是有"不要和陌生人喝茶"的说法了。不论冷热，茶性是不变的，只是若逢陌生人，未知"人性"如何，喝茶喝错了人，煞风景不说，倒真是"岂不受害"呢。

我家喝茶也有一个小说法。我父亲生长在福建，是茶风颇盛的地方，家里曾经也有一两亩茶园，自然是全家都喝茶的。他小时候往往一边读书写字，一边喝茶。我过去常听他说，祖母凡事都纵容他，唯独一件事要求很严，而且一再重申，那就是：不可以用茶磨墨，因为那样长大了会卖妻。父亲每次都是笑着说的，想必当时听了也是觉得滑稽而不信的。为什么用茶磨墨会卖妻？祖母没有解释。也许是单纯的一种迷信、禁忌？也许有潜在的道理，比如：茶是贵重之物，用来磨墨暴殄天物，日后难免败家，败到要典卖妻子的地步。

关于茶的说法里，有一个说法可能是最暖人或者最伤感的，那就是：在泡茶时腾起的雾气里，只要你心诚，你就能够看见你最想念的人的影像。其实，这就和抛硬币来决定事情一样，不在于硬币告诉你的结果，而在于硬币停留在空中时，你会突然明白你真正想要的是什么。如果你意识到在茶的雾气里寻找的是谁，看不看见就都无所谓了。所思念的人虽可能天各一方，甚至天上人间，但思念在心，那人便时时在的，何必在心外找呢？

不在茶中在梦中

　　《黄粱梦》的故事在过去可谓妇孺皆知：有个卢生，在邯郸旅店里遇见一个道士，卢生自叹贫穷，道士借给他一个枕头，让他枕着睡觉。这时店家正煮小米饭。卢生在梦里享尽了一生荣华富贵，一觉醒来，小米饭还没有熟。成语"黄粱美梦""一枕黄粱"就是从这里来的。

　　这让我想到元代杨维桢的《煮茶梦记》，构思和笔法似与《黄粱梦》有异曲同工之妙，但是境界不同。全文如下：

　　　铁崖道人卧石床，移二更，月微明及纸帐，梅影亦及半窗，鹤孤立不鸣。命小芸童汲白莲泉，燃槁湘竹，授以凌霄芽，为饮供。道人乃游心太虚，雍雍凉凉，若鸿濛，若皇芒，会天地之未生，适阴阳之若亡，恍兮不知入梦。遂坐清真银晖之堂，堂上香云帘拂地，中着紫桂榻，绿璚几。看太初《易》一集，集内悉星斗文，焕煜燿熠，金流玉错，莫别爻画，若烟云日月，交丽乎中天，欤玉露凉，月冷如冰，入齿者易刻。因作《太虚吟》，吟曰："道无形兮兆无声，妙无心兮一以贞。百象斯融兮太虚以清。"歌已，光飙起林末，激华氛，郁郁霏霏，绚烂淫艳。乃有扈绿衣若仙子者，从容来谒，云"名淡香，小字绿花。"乃捧太玄杯，酌太清神明之醴以寿予，侑以词曰："心不行，神不行，无而为，万化清。"寿毕，纡徐而退。复令小玉环侍笔牍，遂书歌遗之曰："道可受兮不可传，天无形兮四时以言。妙乎天兮天天之先，天天之先复何仙？"移间，白云微消，绿衣化烟，月反明予内间，予亦悟矣。遂冥神合玄，月光尚隐隐于梅花间。小芸呼曰："凌霄芽熟矣！"

那位仙女就是茶的化身，淡香，绿花，都是暗示茶叶的特征。等到梦醒时，童子已经将茶烹好了。稚嫩的嗓音喊一声"凌霄芽熟矣！"也非常可喜。虽为道家之言，但是清旷自若，而且结局怡然圆满，从仙境的清淡归于人世的清平。再想想《黄粱梦》的那个道士，不像要点化人，倒像在利用专业技术优势作弄人，或者像不负责任的医生随手开出虎狼药，不像治病倒像催命。忽而荣华富贵，忽而美梦成空，即使不立地成"疯"，这滚滚红尘还有什么眷恋，恐怕是再难立足了。

说到茶与梦，还有一个著名的故事——就是前面提到过的东坡梦泉。参寥子撷新茶、汲新泉，钻火煮泉，招待苏东坡。此情此景，竟是东坡九年前的梦境的再现。感慨之下，苏东坡作了一首《参寥泉铭》，其中有"予晚闻道，梦幻是身。真即是梦，梦即是真"等句。不可思议之人，方有此不可思议之事；不可思议之事，常出自不可思议之人。真可谓人奇梦亦奇了。

梦中有茶，梦清；茶中有梦，茶醇。人生本来如梦，那小小茶瓯中装的，竟是梦中梦了。茶浓茶淡，茶热茶凉，只要没有喝到茶枯心冷，那梦总是不愿醒。

睡前一壶茶

茶饮最主要的功能，除了解渴，就是破睡提神。

这一点，古代茶人们看法非常统一。所谓"驱愁知酒力，破睡见茶功"（白居易），"六腑睡神去，数朝诗思清"（曹邺），"忧国惟生睡，降魔固有神"（曾几），"勒回睡思赋新诗""手碾新茶破睡昏"（陆游）……其实说的都是明代顾元庆《茶谱》中的两个字：（饮茶可以）"少睡"。

话虽如此，天下事也难一概而论。有惯例就有例外，规则就是让人打破的。

我是从早到晚喝茶的。早上起来，一般喝绿茶，过去一般是龙井、碧螺春，后来随和了或者说想通了，不拘名号，巴山银芽、顾渚紫笋、崂山绿茶、羊岩勾青，这个毛尖、那个毛峰，有什么喝什么。早上的茶是"还魂茶"，不喝一天都醒不过来，做什么都不耐烦，哪怕天王老子我见了也懒得搭理，总要三杯下去，下床气渐消，眼睛才有了焦点，舌头也不粘在上颚上了，这才能开口说话。早饭吃不吃无所谓，"早茶"不喝，那我的一天根本无法开始。老茶客们说"喝通了""喝顺了"，一点不假。午饭之后，一般有一个小时左右是不喝茶的。到了一两点钟，茶烟再起，这回统统换了乌龙茶，因为上班不能午睡，原有些困倦，加上还有一下午的工作等着，提神的力度要大大加强，非请来铁观音不可。晚饭后，还是休息上一个钟头左右，照例要喝茶，这时喝什么就很随性，晚饭吃得油腻了，就来几杯酽酽的乌龙茶消食；晚饭吃得清淡，那就喝杯绿茶，甚至滇红、日本茶，都无不可。什么喝了茶睡不着这件事，对我好像天方夜谭。有不少人不要说晚上不喝茶，从下午起就不敢喝茶，我过去总觉得很搞笑，后来变得有点同情。

　　有时候，晚上睡得晚，临睡前，茶已经喝淡了，而茶兴未尽，我就会另外烧水，酽酽地沏上一壶铁观音或者色种、佛手、冻顶之类，舒舒服服地喝上三巡，然后去睡。有时睡不着，也要起身，认真地新泡一壶茶，喝上两杯。等到睡意渐浓，还要把茶水倒上一杯，带进卧室，好在夜半梦回时喝上一口，才好重新入睡。如此睡前一杯茶，有的朋友说我是对茶的兴奋作用有了"抗药性"，我觉得不对，同样一杯茶，为什么白天可以提神醒脑？如果抗药性有如此神奇的时段选择，那就是好事了。可能的解释是：我这个人，太疲劳或者心情烦躁、沉闷都是无法入睡的，所以需要茶来解乏、破闷、清心，制造适合睡眠的氛围和心情。

有这样奇怪习惯的不止我一个人。请看——"我每日三餐之后，必泡一杯热茶，甚至睡觉前也要喝上一杯，否则就难入眠"（李修平《坐下来喝茶》）；"静夜开卷或写作时若无此物，就提不起精神；临睡前也要'灌溉'几口，否则辗转难眠"（杨光治《茶缘》）。忆明珠先生更是到了"临上床必重沏一杯浓茶，放在床头柜子上，喝上几口，才能睡得安适"的地步。甚至在十年浩劫期间，他夜夜赶写"认罪书"，但是因为有一壶苦茶相伴，"却仍有着一夜夜的安睡。这么说，茶可以滤清梦境，安人魂魄，又有什么不可理喻的呢？"

话虽如此，但同是一杯茶，为什么在白天可以提神醒脑，到了晚上，又可以安神助睡呢？这种现象，科学似乎也无法解释。但是，大千世界，芸芸众生，科学无法解释的，也多着呢。至于那些因健康原因、体质原因过午不能喝茶甚至根本不能喝茶的人，我只能说：人生本来没有完满，此事古难全。

关于茶的神奇，套用一句现成的句式：如果你没有体会过，那我无法对你言说；如果你已经体会到了，那我就什么都不用说了。

辑二

诗

能被无法深究的美好打动，
这也是人生在世的一种福气。
在匆促、
忙碌的缝隙里欣赏美，
更是一种可贵天赋。

爱情和人生，谁短谁长

　　读《古诗源》，《越人歌》是我们遇到的第一首描写爱情的诗歌："今夕何夕兮，搴洲中流。今日何日兮，得与王子同舟。蒙羞被好兮，不訾诟耻。心几烦而不绝兮，得知王子。山有木兮木有枝，心说君兮君不知。"

　　"鄂君子皙泛舟于新波之中，乘青翰之舟，张翠盖，会钟鼓之音，越人拥楫而歌。"（刘向《说苑》）在水上，越女遇到了鄂君，用这首歌向他表白了爱情。第一句就是"今夕何夕兮？"今天是什么日子啊？一句突如其来的问话，写出了遇到意中人时的惊讶、狂喜，难以置信。

　　因为"得与王子同舟"，越女决定抓住这个珍贵的机会，不顾羞怯和他人的非议，于是她向意中人这样唱道："山有木兮木有枝，心说君兮君不知。""说"通"悦"，就是喜欢的意思，这句的意思就是：我心里喜欢你你却不知道。多么可爱的表白，婉转，但是率真、直接，又带着几分焦急和无奈。根据《说苑》记载，鄂君被打动了，"乃揄修袂行而拥之，举绣被而覆之"。幸运的越女，终于得遂心愿，虽然此后等待着她的，可能是无尽的相思和世人的嘲笑唾骂，但是当爱情来的时候，她是那样自主，丝毫没有迟疑，她明知后果，但是没有恐惧。为了换取爱情的一刻停留，她是用自己所有的一切去拼的。

《风土记》里说："越俗性率朴。"从他们对待爱情的态度上看，确实如此。

不分地域的是，古时的女性对爱情的坚贞。《乌鹊歌》中所谓："南山有乌，北山张罗。乌自高飞，罗当奈何？乌鹊双飞，不乐凤凰。妾是庶人，不乐宋王。"真是掷地有声。

这首诗的作者是一位美丽的女性，她的丈夫是宋康王的舍人，宋王看上了她，抓了她丈夫，又筑了青陵台，威逼利诱，要使她就范，她就用这首诗表明了自己的志向，然后自缢而死。这是用生命写就的诗篇，写下的是对爱情的坚贞不渝，对权力压迫的誓死反抗，对生命尊严的至高维护。前人评"妙在质直"，说得轻飘了，因为这不是妙不妙的问题。

但是处于优势的男性就不太一样了。《怨歌行》中"恩情中道绝"就是女性对爱情的凭吊和对身世的伤感，当然那负心的男人是皇帝。那么一般的男人如何？听听《有所思》里民间女人的述说吧。

有所思，乃在大海南。何用问遗君？双珠玳瑁簪，用玉绍缭之。闻君有他心，拉杂摧烧之。摧烧之，当风扬其灰。从今已往，勿复相思！相思与君绝！鸡鸣狗吠，兄嫂当知之。妃呼狶，秋风肃肃晨风飔，东方须臾高知之。

那个她深爱着的男人不再专情，女子勃然大怒，毁掉珍贵的礼物，决定绝交。但是又想到和他的交往家人已经知道，心里又迷茫起来，最后只能是不了了之。恨之切，反写出爱之深。

整首诗的动作、语气，非常生动传神，仿佛那个女子就站在我们面前，在爱和恨里挣扎，整个晚上痛苦焦灼不得安宁。我们看见夜色在她身边浓了又淡，我们满心同情但是爱莫能助。不用说隔了漫漫的时光，就是她和我们是同时代的人，我们谁又能帮她呢？爱情的残酷就在于，所有的伤痛都只有自己忍受。

内容相近的还有《白头吟》："皑如山上雪，皎若云间月。闻君有两意，故来相决绝。……"又是男人负心，又是女人要做个了断。为什么对爱情要求高、对感情有原则的总是女人？

有件事我一直想请教行家，那就是《上邪》这首诗的作者是女性还是男性？作为女性，我希望能够是男性，但是直觉告诉我，会是女性——只有女性，爱情才会在生命里占据这样的地位，才会把儿女情长和山川天地联系起来，当成天地间最重大的事情。不管如何，这首诗可以看作人类对爱情最彻底的誓言："上邪！我欲与君相知，长命无绝衰。山无陵，江水为竭；冬雷震震，夏雨雪；天地合，乃敢与君绝。"

当然古人想象不到，天气气象和自然环境会有如此巨大的变化，诗里说的五件不可能的事，前面四件都出现了，而且山无陵，江水为竭，已经不算太稀奇的事了。幸亏天地还没有合起来，所以还有人类，还有爱情。

套用一下我并不敬仰的张爱玲的句式，可以说：短的是爱情，长的是人生。但是也可以反过来说，短的是人生，长的是爱情。那些在爱情里欢乐或者痛苦，憧憬或者绝望的男男女女都已经化成了飞灰、轻烟（贾宝玉语），他们的爱情不是在《古诗源》里至今鲜活吗？

车·马·三生石

君乘车，我戴笠，他日相逢下车揖。

君担簦，我跨马，他日相逢为君下。

这首《越谣歌》真足非常可爱。据记载，"初与人交，有礼，封土坛，祭以犬鸡，祝曰：……"以上就是他们在这个仪式上"祝"的内容。它反映了越人的风俗，进一步说，反映他们对友情的理解——贫贱之交，富贵不移，以及他们希望这种友情长存的真诚心愿。

这是对友谊的生动注解。真正的友情，不就是应该这样吗？心灵相通，性情相投，以诚相待，没有心机，不管地位如何变迁，都不改变。这样的友情，有如清泉明月一样洁净，又如精金美玉一样难得，是上苍给人最珍贵的馈赠之一。

说到友情，这让我想起两个故事。一个是唐代的三生石的故事。一个是宋代张咏和傅霖的故事。三生石的故事是在张岱的《西湖梦寻》中读到的，但是出处却是苏东坡的《圆泽传》。说的是两个知己生死之交的故事。唐代的李源，他的父亲是光禄卿，后死于安史之乱，父亲一死，原本风花雪月、豪爽挥霍出了名的李源性情大变，不仕，不娶，不食肉，就住在原来自己家、后来的惠林寺里。寺里有个和尚叫圆泽，通晓音乐，和原本善歌的李源非常相投，成了知音，两人经常整天促膝谈心。后来两人一同出游，取道圆泽起初反对而李源坚持的荆州，船到半途，遇见一个汲水的妇人，圆泽叹息道："我不想从这条道走，就是想避开这个妇人啊。"李源大惊追问，圆泽说，"这个妇人姓王，我应当做她的儿子。她已经怀孕三年了，我不来，她就不能分娩。现在既然遇见了，就是天命不可逃了。三天之后你来看那个婴儿，我会对你一笑作为凭证。再过十三年，在中秋月夜，我将在杭州天竺寺外，和你相见。"当晚，圆泽去世而王姓妇人分娩。三天后李源去看望，婴儿果然对他笑了。十三年后，李源从洛阳到杭州赴约，月明之夜，果然来了一个牧童，一边扣着牛角一边唱道："三生石上旧精魂，赏月吟风不要论。惭愧情人远相访，此身虽异性长存。"李源大声问道："泽公一向可好？"那牧童回答："李公你真是个讲信义的人啊。不过你俗缘未尽，不要近我的身，勤加修炼，还可以相见。"牧童走了，不知道去了哪里。李源从此一直没有出寺，直到八十一岁死在寺中。

圆泽投胎复生的牧童所唱的诗中，最让人感动的是"此身虽异性长存"一句，不要说身份、地位变了，连肉身躯壳都不重要，只要灵魂在，性情在，就有默契，有牵挂，有温暖，有信义，生死轮回都不能改变彼此真挚深厚的情谊。

原来三生石上的盟约，不一定都是爱情，也有同样珍贵的友情。这个故事可谓达到了一种极致。如果说这个故事带着神话色彩，那么张咏与傅霖的交情就完全是现实中事了。宋代诗人张咏与傅霖是好友，后来张咏显达，官至尚书，惦记着老朋友，但是傅霖不要做官，所以"求霖三十年不可得"，晚年张咏在某地为官，傅霖穿着粗布衣服骑着驴子去找他，敲门喊："告诉尚书，我是青州傅霖。"看门的人跑进去这样对张咏禀报，张咏说："傅先生是天下名士，你是什么人，敢直呼他的姓名！"傅霖笑道："和你分别了一世，你还是这样保持着童心。他哪里知道世间有我这么个人哪！"傅霖的原话是"别子一世，尚尔童心。"多么难得的暮年访旧，多么难得的童心不改。想当年，一个是富贵不忘旧交，一个是飘然不染红尘，到老了，一个是一句话就说出了几十年的敬重和情谊，一个是因故交性情如故而喜形于色。这样的友情不但没有被人生浮沉扭曲，没有被漫漫岁月漂白褪色，反如陈年老酒，越来越醇，越来越令人沉醉。

"从别后，忆相逢，几回魂梦与君同。今宵剩把银釭照，犹恐相逢是梦中。"说的应该是这样的朋友，这样的相见吧。虽然我知道这阕《鹧鸪天》本是写词人和歌女的感情的。

想必那时候也有龌龊之徒、势利小人，他们也会因为各种利益或者阴暗心理而出卖友情。但是，因为当时的主流观念是重信义、讲名节，那些小人在这样做的时候，恐怕还是有不小的压力吧。至少不像今天的有些人那样理直气壮，"朋友就是用来骗的"，甚至有了"杀熟"这样让人不寒而栗的新词。

天凉了，读杜甫吧

初秋是个微妙的季节。从暑热中挣脱出来，怀着喘息刚定的喜悦，却发现西风漫漫，吹来了预示一年由盛转衰的缕缕秋凉，带来了一种苍茫。

昨天在街口，迎着秋天的第一阵风，涌上我心的是这两句诗：凉风起天末，君子意如何？才知道，一直以为不那么喜欢的杜甫，早就潜伏在我的血液里了。

过去一说到杜甫，第一个反应是微微皱眉。这要归罪于课本选的杜诗一味强调"人民性""战斗性"，弄得一提杜甫就是"三吏三别"，就是"车辚辚马萧萧"，就是"安得广厦千万间"，再没有别的。最初的这个形象如此根深蒂固，以至于后来知道李白比杜甫大十一岁时我非常惊奇，怎么，老气横秋的杜甫竟然比意气飞扬的李白，年轻了那么多？即使这样，这个"诗圣"在我心目中，还是一个整日忧国忧民、愁眉苦脸的夫子，一个从做人到做诗都过分严谨、一板一眼、无趣、沉闷的人。这样的人，应该尊敬，但是无法亲近。

重新认识杜甫，是因为这首诗：

人生不相见，动如参与商。

今夕复何夕，共此灯烛光。

少壮能几时，鬓发各已苍。

访旧半为鬼，惊呼热中肠。

焉知二十载，重上君子堂。

昔别君未婚，儿女忽成行。

怡然敬父执，问我来何方。

问答乃未已，驱儿罗酒浆。

夜雨剪春韭，新炊间黄粱。

主称会面难，一举累十觞。

十觞亦不醉，感子故意长。

明日隔山岳，世事两茫茫。

——《赠卫八处士》

这首诗像一杯陈酿，滋味醇美，一饮即醉，却忍不住一饮再饮。读这首诗，才知道什么叫"沧桑"，什么叫"古道"，什么叫"热肠"！难得全诗写来只是家常话，质朴自然。

不，不是杜甫，简直就是我们自己，亲历了那温暖人心又五味杂陈的一幕——二十年不见的老朋友蓦然相见，不免感慨：你说人这一辈子，怎么动不动就像参星和商星那样不得相见呢？今天是什么日子啊，能让同一片灯烛光照着！可都不年轻喽，彼此都白了头发。再叙起老朋友，竟然死了一半，不由得失声惊呼心里火烧似的疼；没想到二十年了，我们还能活着在这里见面。再想起分别以来的变化有多大啊，当年你还没结婚呢，如今都儿女成行了。这些孩子又懂事又可爱，对父亲的朋友这么亲切有礼，围着我问从哪儿来。你打断了我和孩子的问答，催孩子们去备酒。吃的自然是倾你所有，冒着夜雨剪来的春韭肥嫩鲜香，还有刚煮出来的掺了黄粱米的饭格外可口。你说见一面实在不容易，自己先喝，而且一喝就是十大杯。十大杯仍然不醉，这就是故人之情啊！今晚就好好共饮吧，明天就要再分别，世事难料，命运如何，便两不相知了。

这样的家常情景，这样的故人之情，对经历战乱动荡、颠沛流离的人，无异于上苍的怜惜。那种短暂的温暖和片刻的安宁，如杀戮血水中的一朵白莲，如滚滚尘埃中的一粒珍珠，越是洁白朴素，越是光彩夺目，动人心魄。

不明白为什么中学课本不选这首？这不仅能让少年人亲近杜甫，而且对那些沉湎电脑的青少年也是人情美、人性美的绝好熏陶。

当然，杜甫的大部分诗是要到中年之后才能读懂的。比如"尔曹身与名俱灭，不废江河万古流"，比如"眼枯即见骨，天地终无情"……还有那首千古绝唱、七律第一的《登高》："风急天高猿啸哀，渚清沙白鸟飞回。无边落木萧萧下，不尽长江滚滚来。万里悲秋常作客，百年多病独登台。艰难苦恨繁霜鬓，潦倒新停浊酒杯。"纵是悲苦，也这样开阔，纵是沉重，也这样浑厚。催下来的泪，也是滚烫的英雄泪。

夏天应该读王维以消暑气以求清凉，天凉了，就读杜甫吧！瑟瑟秋风中暖一暖心肺。

有一种牵挂不需要回答

"君自故乡来，应知故乡事。来日绮窗前，寒梅著花未？"王维的这首《杂诗》不愧是千百年来流传不衰的名作。二十个字，浅显得如话家常，却别开生面，匠心独运，结尾有问无答，含不尽之余味，正是诗家高手的手段。

当然这也有源头。陶渊明的《问来使》："尔从山中来，早晚发天目。我屋南山下，今生几丛菊？蔷薇叶已抽，秋兰气当馥？归去来山中，山中酒应熟。"陶渊明对来使问了三个问题，菊花长了几丛？蔷薇长出叶子了吧？兰花已经吐露出香气了吧？最后是一个充满向往的揣想：等我回到山中去的时候，酒应该已经酿熟了。一切提问和想象围绕着山中的花和酒，略去了其他日常化、世俗化的细节，凸显了隐士高洁超然的情怀。王维应该是受了陶渊明的影响，但是提问的内容更少了，少到只有一项，只问梅花，不及其余，删繁就简，高度浓缩，更有诗意，更富韵味了。

和这样的功力相比，唐初的王绩，几乎是"失控"了。"衰宗多弟侄，若个赏池台？旧园今在否？新树也应栽。柳行疏密布？茅斋宽窄裁？经移何处竹？别种几株梅？渠当无绝水？石计总生苔？院果谁先熟？林花哪后开？"从朋旧童孩、宗族弟侄、旧园新树、茅斋宽窄、柳行疏密一直问到院果林花，还意犹未尽，"羁心只欲问"。虽然写出了游子思乡的心情，但是缺乏选择，没有重心，缺乏"爆发点"，诗味也不足，难怪往往被作为失败的例子来和王维做对比。

王绩的这首《在京思故园见乡人问》中，我只喜欢"羁心只欲问"这一句，确实，对故乡的思念其实是千头万绪的，事无巨细都令人牵挂，不论问多少项、怎么细细追问都不足以让人得到满足，真是越问越急，越饮越渴。理虽如此，但写诗毕竟是艺术，提取和锤炼是必须的，如果选取得当可以说是越少越好（当然这个选取最难、最见功力）。所以，轻轻地问一句"梅花开了吗？"就胜过了絮絮叨叨、细大不捐的一大堆问题。

但是原因好像不仅如此，对于故乡的提问，似乎有回答的总不如没有回答的好。

无名氏的《十五从军征》："道逢乡里人，'家中有阿谁？''遥看是君家，松柏冢累累。'"也是久别故乡的人对乡人的问讯，而且有问有答，回答得还很详细，却因为太实在而失去了想象的余地。王安石显然领会了王维的妙处，也努力模仿，他的"道人从何来，问松我东冈。举手指屋脊，云今如许长。"也绝不芜杂，只把"梅"变成了"松"，两者轮廓仿佛，但是细细品味，总觉失其神韵。原因不是别的，正是有了这个老老实实的回答。这一答，王维式的含蓄没有了，王维式的空灵也不见了。王维清新而飘逸，王安石则质朴而近"木"了。

不答比答好，有的诗更进一步，连问也不问了。"近乡情更怯，不敢问来人。"（宋之问《渡汉江》）这是快到家乡的奇特而纠结的心情。"反畏消息来,寸心亦何有?"(杜甫《述怀》),这是战乱中不能回乡、亲人离散时牵挂到恐惧的心情。同是太想问而不敢问的矛盾心情,前者还属于微妙,后者则已经归于痛苦。

答或不答,问或不问,对于故乡的爱和牵挂,永远是游子心中的萦绕而不解的情思,没有人可以给出完美的回答,因为没有一个回答可以解渴。因此这种提问其实从来不需要回答。

真正的解决方案其实只有一个——回乡。请看贺知章《回乡偶书二题》:"少小离家老大回,乡音未改鬓毛衰。儿童相见不相识,笑问客从何处来。""离别家乡岁月多,近来人事半消磨。唯有门前镜湖水,春风不改旧时波。"诗人在暮年回到了故乡,乡音未改,湖光依旧,往昔的荣华富贵比过眼云烟还轻,所有的牵挂得到彻底的满足,心灵得到了彻底安慰。一个多么幸运的人,一个多么好的归宿。对于所有远行人、思乡客来说,贺知章是一个完美的榜样。

若待皆无事，应难更有花

　　那日，看到一个朋友微信里贴出来饮茶的照片，清静的茶室，井栏壶、汝窑盏，瑞香袅袅，荷花含笑，好不自在。她的文字说明却是：一个重要客户跑掉了，一个正在冲刺的项目卡住了，马上又要出国，行李都没时间准备，整个人失去方向，干脆先出来喝个茶。

　　马上为她点了赞，并且加了一句："若待皆无事，应难更有花。"

　　因为朋友搁置万难、及时行乐的下午茶，让我想起的，是唐代李昌符的诗：

　　　　此来风雨后，已觉减年华。

若待皆无事，应难更有花。

管弦临夜急，榆柳向江斜。

且莫看归路，同须醉酒家。

其中这句"若待皆无事，应难更有花"，可以引起无限的联想：想到一个好去处聚一次，好不容易等到大家工作忙妥，谁也不出差不旅行，家里老人的血压高了；再等，进入夏天四十度高温了，再等，谁谁谁感冒了，转眼一年过去了；再比如想出国旅游，许多人好不容易等到退休，又操心孩子的恋爱、结婚、买房子，好不容易孩子结婚了，又要带孙子、孙女，等到不需照料孙子孙女了，自己已经腿脚不便走不动了，出国的心愿就这样轻轻巧巧地从今生推到了来生。

想要事事停当再来赏花，忘记了花期易逝；想要万事俱备再求自由自在，忘记了人生苦短。

关于赏花这件事，激起我共鸣的还有这首：

准拟今春乐事浓，依然枉却一东风。

年年不带看花眼，不是愁中即病中。

杨万里说，满以为今年春天可以饱览春花和美景，但结果还是辜负了这场东风。多年来竟然都没有赏花的福气，不是在愁中无心看花，就是在病中无法看花。

这不是说我吗？"年年不带看花眼"，这么多年，南京梅花山的梅花，只看了两次，其中一次还是三月底去的，梅花自然已经大部分"零落成泥碾作尘"，只好站在树下自动脑补出"香如故"；武汉大学的樱花，洛阳的牡丹，甚至就在本地的南汇桃花，一次都没看成过。杨万里的伤感和哀叹，我真是共鸣到"焉能知我至此"的地步。

真心实意要赏花，大约总还是有办法的。公务在身、率队策马而行的辛弃疾都能赏花。

鹧鸪天·东阳道中

扑面征尘去路遥，香篝渐觉水沉销。山无重数周遭碧，花不知名分外娇。　　人历历，马萧萧，旌旗又过小红桥。愁边剩有相思句，摇断吟鞭碧玉梢。

好一个"花不知名分外娇"！山中野花烂漫，也不知道是什么花——也许是词人无暇下马仔细辨认花的品种，更也许是来自北方的词人对南方的花草感到陌生，但是辛弃疾不但在行旅匆匆之际注意到了这些花，而且捕捉到了她们的美和娇俏。能被无法深究的美好打动，这也是人生在世的一种福气。在匆促、忙碌的缝隙里欣赏美，更是一种可贵天赋。

应对花期短暂，除了抓紧一切机会及时赏花，还有什么对策？一向极爱陆游清新明丽的《临安春雨初霁》，其中的名句"小楼一夜听春雨，深巷明朝卖杏花"，透露的似乎不仅仅是时令的消息，也是一种明媚的想象。这里提供了一种暗示：可以在花真正登场之前，先在你的想象之中让她出现，如此一来，岂不是在心里延长了花期？这是不是一种应对花期苦短的办法呢？

曾获泉镜花文学奖的日本作家鹭泽荫，写过《连翘是花，樱也是花》，大概是个爱花的女子，她在三十五岁自杀离去，一生也像花一样夺目而短暂，令人惋惜。她曾说过："每个人都有闪光的瞬间，此后漫长的日子也只是为了追忆那闪光的瞬间而存在。"此话若借用来说赏花，似乎也无不可，每一片、每一棵、每一朵花，都有闪光的瞬间，"此后漫长的日子也只是为了追忆那闪光的瞬间而存在"，若如此，则是否可以看作花仍然在追忆中陪伴着爱花的人？只不过，眼睛看不见而已。

说到眼睛，回头再说"看花眼"，除了时间、体力和心情，这个"看花眼"可能又是一种定力或者超拔的能力。

如果日常的纠缠是风，定力就是不为所动的岩石；如果尘世的烦恼是下不完的雨，超拔的心就是荷叶或者竹叶，让所有雨珠都不能停留。只有这样，才能在有限的此生始终保有"看花眼"，和那些闪烁生命美感和哲学启迪的花朵们互相照亮。

发乎礼义止乎情

《长恨歌》和《琵琶行》代表了白居易的最高成就。二者中我更喜欢《琵琶行》，觉得它更流畅，意境更美，艺术上更成熟，同时去掉了《长恨歌》中教化的"杂质"，有浑然天成之感。不过，围绕《长恨歌》的议论，显然更有趣。

《长恨歌》主题是什么？从古至今看法不一。学院派观点主要有三种：一是讽喻说，二是爱情说，三是双重主题说。此外，还有皇家秘闻说、怀念湘灵说、时代苦闷说、主题模糊说、三重主题说等等。（孙明君评注《白居易诗》，人民文学出版社 2005 年版，22-23 页）

孙明君的解释是"写唐玄宗和杨贵妃之间的爱情悲

剧，玄宗以纵情误国，玉环因恃宠致乱，诗人对他们的悲剧遭遇寄予无限的同情……"（同上，6页），这话太跳跃，有点费解——一个纵情误国，一个恃宠致乱，那么悲惨下场不是咎由自取吗？诗人为何要无限同情？

"悲剧的制造者最后也成为悲剧的主人公，这是故事的特殊、曲折处，也是诗中男女主人公之所以要'长恨'的原因。"（饶芃子《唐诗鉴赏辞典》）这话倒正好可以补上"荒唐"和"同情"之间的桥梁。

就我看到的，似乎还有传奇影响说。清何焯就说此诗"是传奇体，然法度好，风神顿挫"。陈寅恪也说："《长恨歌》者，虽从一完整机构之小说，即《长恨歌》及《传》中分出别行，为世人所习诵，久而忘其与《传》文本属一体。"有人继承这一思路，认为白居易"在不知不觉中，受到传奇的影响，写成了一首传奇体的风情诗"（丁如明、聂世美校点《白居易全集》，上海古籍出版社1999年版）。传奇者，小说也。这种观点指出了这首诗故事性强和包含虚构的特点。

《长恨歌》是写玄宗和杨玉环的爱情，这一点不用怀疑，但感情倾向前后是不统一的，前半语带讥讽，后半渐渐同情，最后无限惋惜哀伤。从开头的"汉皇重色思倾国"到结尾的"天长地久有时尽，此恨绵绵无绝期"之间，简直是千山万水。也因此，"讽喻说"从来坚持开头是全篇纲领，而"爱情说"则认为结尾方"点出全诗主旨"（见章培恒、骆玉明主编的《中国文学史新著》2007 年版，76 页），接下来提出这样的解释："该诗所尽力呈现的唐玄宗与杨贵妃之间的互相思念与眷恋，已不仅是一个帝王对妃子的幸顾，或一个妃子对帝王的感恩，而是更具普遍意义的一对沉浸于爱情中的男女的无限相思，是一种已经超越了男女双方本来身份与地位的真挚感情。诗人所痛惜的……是那种极易引起人共鸣的刻骨铭心的爱的永远消逝。……其深刻性，在于以一个帝王的爱情故事，映现了根植于人性的情爱的普遍性，以及这种情爱面对动荡政治时的无奈和脆弱。但另一方面，又显示出了感情世界可以具有比物质世界更为长久的生命力。所以，当天地消失时，由情所派生的'恨'却仍会永远存在下去。"（陈正宏，出处同上，77 页）如此看法由爱情抵达了人性，深刻而透彻。

白居易自己可能不曾想得这么清楚吧。我相信他本意是要写一首"惩尤物，窒乱阶，垂于将来"的劝诫诗（就是要指出他们如何不靠谱、危害如何严重，给后人做反面教材），真心要讽喻、要教化的，只不过读者的阅读效果和他的主观动机基本背道而驰了。之所以说"基本"，而不说"完全"，是因为他自己的情感也是矛盾的、倾向也是游移的，本来是要批判李杨的，但写着写着，成了写真正的人和真挚而悲惨的爱情，作为一个诗人不可能不被这样的人和感情所打动，于是白居易自己陷了进去，等到杨玉环死后，诗人已经陪着玄宗伤心不已，最后"绵绵无绝期"之恨铸成，这"长恨"，就不仅属于李、杨，也属于作者了。而且，因为哀感顽艳、回环往复的抒写，也属于千千万万读者了。

从创作规律来说，这又可以看作作者理性动机和真实情感冲突的结果；按照白居易自己的分类，则可以说是：本意"讽喻"，结果"感伤"。若要我说，这分明是一次世俗理念与浪漫情怀的对决，结果是世俗理念溃退，浪漫情怀胜利了。

诗人本"发乎礼义"，但拗不过人性与美感，最终"止乎情"。

绚烂往往归平淡

一代才子的王维，他的人生也跌宕起伏得像一出戏剧。

先是春风得意、鲜花铺路：少年成名之后，他又金榜题名，而且独占鳌头，于开元九年（721 年）中了状元，时年 21 岁。中了状元之后，他当上了太乐丞，按说他的仕途生涯刚刚开始，前途正未可限量，谁知很快因为手下伶人舞黄狮子犯禁，受牵连而贬为济州司法参军，当年秋天便离开京城到济州赴任。这是他人生的第一次大起大落。

然后便是长长的失意。济州过了四年后，诗人裴耀卿任济州刺史，他和王维同是诗人，又是同乡，两人结下了深厚的友情，可惜裴耀卿很快就去别处任职，使王维不胜惋惜，次年就辞去司法参军之职，离开济州。这一来就赋闲了好几年，其间又经历了妻子去世的打击。

张九龄执政，他被擢为右拾遗，但张九龄为李林甫所谗被贬，王维亦被排挤为监察御史出使边塞。后来历任左补阙、库部郎中等职。这样又过了十年。因为母亲去世，丁母忧，离朝居于辋川。这是他人生的第二次起落。

他服满后重新做官，当给事中的任上，他迎来了人生的最大危机。安史之乱爆发，安禄山叛军攻入长安，玄宗逃往四川，王维没来得及逃走，结果被抓了。对于一个臣子来说，一旦失节便万劫不复，这个绝顶聪明的人当然知道其中利害，他吃药装哑，拒绝和叛军对话。但是叛军也知道名人效应，怎么也不会放过他，安禄山把他弄到洛阳，关在菩提寺，强迫他任了伪职。这个时候，也许最光辉的选择是以死殉国，但是如果那样，历史上就多了一个以死报君的忠臣，少了一个独一无二的诗人，作为热爱唐诗胜过唐王朝的人，我们真要庆幸王维的不够"坚贞"或者一时软弱。

诗歌给他带来灾祸，但是又给他带来一线生机。当安禄山在凝碧宫大宴部下时，王维写下了他一生中最悲伤的诗句："万户伤心生野烟，百官何日更朝天。秋槐叶落空宫里，凝碧池头奏管弦。"一年之后，安史之乱平息，所有陷入贼手的官员都被论罪，王维也入狱，按律当死。当些闲职的官，竟也会引来杀身之祸，这是王维一生中最大、最凶险的一次危机。幸好有《凝碧宫诗》证明他人在贼手、心在朝廷，加上其弟王缙表请削去自己刑部侍郎官职，以赎兄罪，所以王维得到特别宽待，不但没有被杀，还当了太子中允。这时的王维是 57 岁。到 60 岁，他达到一生仕途的高峰，转任尚书右丞——这就是"王右丞"称呼的由来，第二年他就去世了。

他的一生走势实在说不上流畅，种种起落相当磨人，大约他生性有洒脱清宁的一面，否则很容易毁灭或者陷入呼天抢地、牢骚终老的泥潭。看王维的生平，我会不期然地想起一个人——李叔同。同样的少年成名，同样的多才多艺，同样的风流才子，同样的由极绚烂归于极平淡：李叔同成了一代高僧弘一法师，王维虽然没有出家，但是笃于奉佛，长斋禅诵。是不是人间的大才、奇才，极端的绚烂特别容易导致归于平淡？或是不归于寂寞就会像另一些天才那样早夭而去？这里面也许有一些神秘的密码，不是科学可以破译的。

王维早期、中期的诗，以《山居秋暝》为代表："空山新雨后，天气晚来秋。明月松间照，清泉石上流。竹喧归浣女，莲动下渔舟。随意春芳歇，王孙自可留。"清新湿润的空气扑面而来，整个大自然都是明净美好的。新雨刚过，天气初秋，明月当头，清泉清冽地流泻着，还有打破寂静的浣女和渔舟，清幽中充满活泼泼的生机，还带着回归恬静生活的欣喜之情。到了后来的《鹿柴》，"返景入深林，复照青苔上"，幽冷空寂，不见了原来微温、鲜润、灵动的人间景气；到了晚期，他更是"晚年惟好静，万事不关心"，空寂更甚，甚至成了枯寂、死寂。代表性的像《过香积寺》，寺院，古木，深山，危石，寒松，那么森冷，空旷，结尾更以"安禅制毒龙"喻用佛家思想克制世俗的欲望，直接讲起了干巴巴的佛理。

　　想想做人实在是难的。若心怀天下，积极进取，强极则辱，容易受挫，难免郁闷、愤恨，若是执著更可能痛苦一生；若沉湎功名、醉心利禄、纵情声色，绝对是俗不可耐，而且容易自祸其身；那么像王维这样超然物外、清净到底呢？倒是不染红尘，又难逃漫漫的枯寂、彻底的虚无。人生如此，如此人生，难怪连弘一法师这等高人，到了圆寂之前，还是要"悲欣交集"。

一颦一笑　可见可闻

从来没有喜欢过这首诗，但有一天对着它，突然笑了起来："联步趋丹陛，分曹限紫微。晓随天仗入，暮惹御香归。白发悲花落，青云羡鸟飞。圣朝无阙事，自觉谏书稀。"

这首诗题目是《寄左省杜拾遗》。作者是岑参。没错，竟然是以边塞诗著称的岑参。初读时，觉得豪气入云、出语奇峭的岑参，写出这样中规中矩、带着颂圣气味的平庸诗句，实在是扫兴的事情。然后明白了这是说反话，是高级的牢骚。虽然不再觉得平庸，但还是不怎么喜欢。

那天之所以笑起来，是因为注意到这位"左省杜拾遗"是杜甫。我突然发现岑参和杜甫居然做过同事。而且他们的班也上得很郁闷：也要"朝九晚五"，也会不合志趣，也会无所事事……甚至，他们也有职场牢骚，也会向同僚中可以相信的人无奈地诉说，像今天许多人上班时在网上发牢骚一样。这太好玩了。当然，他们的老板更加不能得罪。

唐肃宗至德二年至乾元元年（757—758 年），岑参和杜甫同在朝廷供职，都是谏官。岑参任右补阙，属中书省，杜甫任左拾遗，属门下省，居左署。"分曹"说的就是这个意思。大意是：我们一起疾步向前走上红色的台阶，朝会时在天子面前分列两边。早上随着皇帝的仪仗队威风八面地进宫，晚上官服上带着御炉的香气回到官邸。看到花落悲伤自己的两鬓已经白了，见到飞鸟又羡慕它能展翅高飞。如今这明君当政的太平时代没有什么弊政，我们自己都觉得进谏的奏折越来越少了。最后两句是反话，不是没有弊政，而是天子不听忠谏，文过饰非，限制言论，谏官自然无法尽到责任。抱怨的是年华迟暮，虽然身居本该救民利国的官职，但只能白白浪费时间和才华，内心忧愤地过着充满陈规陋习的乏味日子。

岑参和杜甫是同事，而且他们也会私底下因无所作为而发牢骚。一下子，这两个文学史上和我心目中的巨人，变成了正常身高的常人，而且离我们很近，近到看见他们眉心的纠结，听见他们沉重的叹息。

另一首让我觉得有趣而拉近距离的是韩愈《同水部张员外籍曲江春游寄白二十二舍人》："漠漠轻阴晚自开，青天白日映楼台。曲江水满花千树，有底忙时不肯来。"

"水部张员外籍"当然是诗人张籍——写了"还君明珠双泪垂，恨不相逢未嫁时"，巧妙拒绝权贵拉拢的那位，他是韩愈的学生，韩愈和他交情很好，好几首名作都有他的身影：《调张籍》（"李杜文章在，光焰万丈长"）、《早春呈水部张十八员外》（"天街小雨润如酥"）……白二十二舍人不是别人，正是时任中书舍人的白居易——不用介绍了，除去写了《长恨歌》《琵琶行》的白居易，没有第二个白居易。

韩愈和张籍、白居易约好一起曲江春游，结果张籍来了，白居易没有来。于是韩愈说：虽然天气有点阴，到了傍晚也就转晴了，蓝天白日映照着楼台。曲江涨满了春水，千树万树开满了花朵，美景如斯，你有什么大事要忙，就是不肯来？

写明媚景色在前，抱怨朋友爽约在后，不但有遗憾有失望，而且暗含揶揄：就你是朝廷命官，难道我们是布衣、闲人？我们都能及时而来，偏你不能放下俗务、辜负了朋友之约和良辰美景？想象被埋怨的白居易的表情，让我觉得有趣，而对朋友的"错误行为"耿耿于怀的韩愈就更加可爱了。

曲有终，意无穷

唐诗之所以是中国诗歌的顶峰，是因为时代风气的开放、民族血脉的健旺，也因为各种艺术门类的极大发展，造就了一个时代的高原，在这个高原之上出现了诗歌的高峰，自然令人叹为观止。

间接的影响不论，唐诗中与绘画、音乐、舞蹈有关的就不少。今天只说写音乐的。

李颀是最早对音乐投入极大热情的诗人，他有三首写音乐的诗，分别是《琴歌》《听安万善吹觱篥歌》《听董大弹胡笳弄兼寄语房给事》。第一首自然写琴，第二首写觱篥，觱篥读"必立"，又叫笳管，一般竹制，上开八孔，管口插有芦制的哨子，今已失传。第三首是写胡笳？

如果是胡笳，应该是吹奏，这位董大如何是弹？原来《胡笳弄》是一首历史名曲，它是按照胡笳声调翻为琴曲的，因此这首诗的第一句就写到蔡文姬和她的《胡笳十八拍》："蔡女昔造胡笳声，一弹一十有八拍。"所以这首诗写的是弹琴而不是吹胡笳。这一点，专家们也有疏忽的，《唐诗鉴赏辞典》中就有正解说是弹琴，同时亦有人误说是"正写胡笳"。至于董大，是当时著名琴师董庭兰，琴艺和气质受到士大夫们推崇，高适的名句"莫愁前路无知己，天下谁人不识君？"（《别董大》）就是写给他的。

唐人的生活离不开各种乐器和歌声，笔端常常飘动着音符。喝酒喝到兴高，会"与君歌一曲，请君为我倾耳听"（《将进酒》）的李白，对音乐自然不是外行，写下了《山中与幽人对酌》《与史郎中钦听黄鹤楼上吹笛》《听蜀僧濬弹琴》《春夜洛城闻笛》等。王昌龄《听流人水调子》，高适《塞上听吹笛》，刘长卿《听弹琴》，钱起《省试湘灵鼓瑟》，郎士元《听邻家吹笙》，李端《鸣筝》，柳中庸《听筝》，李益《听晓角》《夜上受降城闻笛》、窦牟《奉诚园闻笛》、韩愈《听颖师弹琴》、刘禹锡《与歌者米嘉荣》《听旧宫人穆氏唱歌》、白居易《琵琶行》《夜筝》、李贺《李凭箜篌引》、李商隐《锦瑟》《银河吹笙》……不胜枚举。

用文字写音乐，其实是一个"不可能的任务"，但是诗人们自有高招。

写琴声，他们常常用到"流水""松风"这类字眼。因为琴声常常给人带来水流石上、风入松林的既清且和的感觉。刘长卿写来是"泠泠七弦上，静听松风寒"，李白则是"为我一挥手，如听万壑松。客心洗流水，余响入霜钟"。

钱起《省试湘灵鼓瑟》以丰富的想象力将无形的瑟曲写得具体而鲜活，伸手可及，最妙的是结尾："曲终人不见，江上数峰青。"镜头突然拉远，一片明净空灵，只留回声，不见伊人，而余情不绝。

郎士元《听邻家吹笙》也别具一格："风吹声如隔彩霞，不知墙外是谁家。重门深锁无寻处，疑有碧桃千树花。"碧桃是天上王母的桃花，"碧桃天上栽和露，不是凡花数"，所以这想象中的碧桃花，写出笙声美妙而奇特，好像从天上传来，是"此曲只应天上有"的大通感版本。

李端《鸣筝》写的则是弦外之音："鸣筝金粟柱，素手玉房前。欲得周郎顾，时时误拂弦。"周郎原本是指周瑜，他精通音乐，即使喝得半醉，听到曲子演奏有误，也会转过头去看一眼，所以当时有"曲有误，周郎顾"的谚语。这里借来指知音者。这位弹筝女子对眼前这位男子有意，明知对方是赏音者，只因一心想引起他的格外注意，故意"大失水准"一再出错。因为若是弹奏得好，往往听者专心于欣赏曲子，一旦出错，便会留意弹奏者。将女子的微妙心理和娇俏情态写得很到位。前人就有"手在弦上，意属听者。……李君何故知得忒细"的评价（清人徐增语）。

还有更高明的赏音者。《新唐书》本传记载：有人得到一幅奏乐图，不知其名，王维看了说："这是霓裳曲第三叠第一拍。"有人召集乐工来演奏，到了第三叠第一拍，与图中相同，丝毫不错，众人都非常佩服。这样看起来，王维在音乐上的造诣，超过了无数"周郎"。

空气之美

江南可采莲，莲叶何田田，鱼戏莲叶间。鱼戏莲叶东，鱼戏莲叶西，鱼戏莲叶南，鱼戏莲叶北。

这首优美而欢快的诗是一首采莲曲，题为《江南》。田田，是莲叶茂盛的样子。除此之外，全诗没有一点需要注解的地方，明白如话——采莲的时候确实也不适合咬文嚼字、掉书袋——又清丽如画。一幅江南水乡的良辰美景如在眼前。

沈德潜选的《古诗源》中，在这首诗的后面有"奇格"二字点评。确实如此，第一次读它，就暗暗称奇，本来到"鱼戏莲叶间"就可以结束了，偏偏还往下唱，往下唱也就罢了，又不唱别的，单唱鱼，而且还是唱鱼在荷叶中间，只是具体到东西南北，几乎同义重复。不知道为什么这样。

后来读《乐府诗选》（余冠英选注，人民文学出版社1957年版），注解中说"鱼戏莲叶东"以下可能是和声。这就是了，《江南》是汉乐府歌辞中的"相和歌"之一，相和歌，本来就是一人唱众人和的。况且读去也确实像啊——在水上愉快的嬉游中，一个人唱，众人随口和之。

如此说来就不奇了？还是奇。这么简单的几句，如此天真，一清见底，几乎一读就能背诵，但就是难以忘记。读了其他繁复华美或者奇崛高古的诗篇，回头再读它，还是丝毫不逊色，这是为什么呢？

想了想，觉得是因为：这里面有空气。作为一个作品，它不是板结的一块，而是有空气在流动，在莲叶、莲花、鱼、采莲人组成的画面里，充满了空气，新鲜湿润的空气，可以容人大口呼吸。这样呼吸着，你就进入了那个空间，美丽，单纯有如童话，荷花荷叶遮天盖日，清香染衣，人和鱼在荷花下面，看不见，只有笑语阵阵传来。

有空气，作品就是活的；有空气，作品就是个开放的世界。

说到采莲，不能不想起《西洲曲》。最早知道这首诗的题目，是因为中学课本里的《荷塘月色》，在那夜著名的月色里，朱自清想起了《西洲曲》中的两句"采莲南塘秋，莲花过人头"。到了大学，才读到这首诗。一读之下，竟是惊艳，从此魂牵梦绕。

忆梅下西洲，折梅寄江北。

单衫杏子红，双鬓鸦雏色。

西洲在何处？两桨桥头渡。

日暮伯劳飞，风吹乌白树。

树下即门前，门中露翠钿。

开门郎不至，出门采红莲。

采莲南塘秋，莲花过人头。

低头弄莲子，莲子清如水。

置莲怀袖中，莲心彻底红。

忆郎郎不至，仰首望飞鸿。

鸿飞满西洲，望郎上青楼。

楼高望不见，尽日栏杆头。

栏杆十二曲，垂手明如玉。

卷帘天自高，海水摇空绿。

海水梦悠悠，君愁我亦愁。

南风知我意，吹梦到西洲。

音节美、色彩美、意境美，悠扬婉转而思绪幽眇，堪称乐府巅峰之作。全篇写一个女子对心上人的思念，并不出奇，难得的是刻画一片儿女情长，历历如画如闻。

更难得的是从一个爱恋之中的女子的眸中反射出时间的推移和季节的转换，镜头从纤小局部的特写推向越来越广阔的空间，最后几乎到达海天相接的宇宙。这种时空感的感染力，以后我只在和张若虚的《春江花月夜》、苏东坡的《永遇乐》（"明月如霜，好风如水，清景无限……"）相遇时才能感受到。

这首诗同样充满了空气的美。而且空气在不断变化。一天之中，有早上带着雾的感觉的空气，有深夜带着如水微凉的空气。一年之中，有早春带着梅花冷香的空气；有穿着单衫而不觉寒冷的暮春温暖空气；有夏日里蒸腾起莲花清香的暑气，黏黏的闷闷的；有深秋里明显转冷、干燥起来的空气。

学者认为它"该是"长江流域的民歌，纯是读者因此不必如此严谨的我则认为，一定是，当然是。这样的诗不属于江南，能属于哪里呢？呼吸一下，那温和湿润、四季分明的空气，不是充满了江南特有的烟水汽吗？

美人如花隔云端

总觉得，写《长相思》的时候，李白的心特别柔软。在他的七言歌行里，这一首，特别有含蓄蕴藉的韵味——

长相思，在长安。

络纬秋啼金井阑，微霜凄凄簟色寒。

孤灯不明思欲绝，卷帷望月空长叹。

美人如花隔云端。

上有青冥之长天，下有渌水之波澜。

天长地远魂飞苦，梦魂不到关山难。

长相思，摧心肝。

因为古典诗歌中的"美人"往往比喻诗人追求的美好理想、所向往的理想人物，加上"长安"这个明确的带政治色彩的符号的出现，所以专家认为此诗另有寄托，是在"抒写诗人追求政治理想不能实现的苦闷"（周啸天语）。我无意于反对这个判断，但是，基于看诗可以"不分明"的个人立场，我有时候会知之为不知，故意忽略专家考证和推断的结论，单纯地欣赏一首诗，做一个被单纯感动的无知者，同时保持自由联想、想入非非的权利。

我宁愿把它仅仅当成爱情诗来读。因为这首诗很美，美得有不被"索隐"的豁免权，也因为好不容易有一首不再假扮女人、因此显得取向"正常"的爱情诗。为什么一定要有寄托？那么李白如果要写爱情该怎么办？这首诗作为爱情诗绝对是一流的。前半段写孤苦寂寞，后半段写相思之苦和无望，都十分传神而动人，最后一句"长相思，摧心肝"真是痛彻心扉、血泪双流的一声呼喊，既有"他生未卜此生休"的无奈和绝望，又有"为伊消得人憔悴"、九死未悔的执著和甘心。此语非真性情者不能语，一旦道出，便是荡气回肠，人间神伤，山鸣谷应，天地低昂。

但是这首诗让我最难忘的是另一句："美人如花隔云端。"首先，这是诗中唯一的单句，屏风也似的横在诗的正中，没法不注意到它。其次，这句诗实在太美了。完全非现实，但是却如此真切如此直接地说出来，说成了人人梦见过的画面。是那种让人见之忘俗、一读倾心的诗句。

还有，从心理学的角度看，这句诗有着耐人寻味的地方。

美人如花，一颦一笑，在记忆中、思念中真切清晰，而在现实中，两个人的距离是"天长路远"，相见的难度是"梦魂不到"，所以是"隔云端"。但是，如果得与美人天天相守，耳鬓厮磨，红袖添香甚至生儿育女、柴米油盐，天长日久，还能觉得"如花"吗？会不会是"美人如花无处寻"？

正是因为"隔云端"，"美人"才永远"如花"。这种障碍既是一种遗憾，也是一种成全。西方美学上著名的"美在距离说"，用唐诗的意象解释就是，美人必须隔云端，才能保持如花之美感。

唐诗宋词中通过强调距离来抒发感情的名句不少，比如："刘郎已恨蓬山远，更隔蓬山一万重"（李商隐）、"平芜尽处是春山，行人更在春山外"（欧阳修）。

中国诗歌中咏叹"美在距离"的源头也许是《诗经》中那首著名的《蒹葭》："蒹葭苍苍，白露为霜。所谓伊人，在水一方。溯洄从之，道阻且长。溯游从之，宛在水中央。 蒹葭萋萋，白露未晞。所谓伊人，在水之湄。溯洄从之，道阻且跻。溯游从之，宛在水中坻。

蒹葭采采，白露未已。所谓伊人，在水之涘。溯洄从之，道阻且右。溯游从之，宛在水中沚。"不但很有距离，而且无论如何无法缩短，也正因为如此，那位伊人始终具有无法抵御的吸引力。也许可以将歌德的名言"永恒的女性，引我们上升"，改成"永恒的距离，引我们上升"？

记得听到过这样一句话："一个人不能在最爱的城市

生活，也不能和最爱的人结婚。"无他，就是因为距离的消失会带来美感的消失，而如果那是你的最爱，带来的就不只是失望而是幻灭，对于执著于精神生活的人，那是毁灭性的。有的地方有的人，好得不能相见，需要远远地隔了，才得保全。

美人如花隔云端。美在距离。生活在别处。

隔着千山万水，隔着迢迢时光，隔着起落沧桑，隔着今生今世，这些，就是云端？尘土之中，我们忽忽地老去，我们的理想和梦中的一切，在云端之上，永远如花。

春在千门万户中

说到写过年的诗，大多数人马上会想到的，可能是这一首吧："爆竹声中一岁除，春风送暖入屠苏。千门万户曈曈日，总把新桃换旧符。"但王安石的这首《元日》，我过去并不太喜欢，觉得只是应景，感情的汁水不够丰盈。后来知道其中除了过年的那点意思，还有革新政治、奋发进取的寄托，透露了政治家的气象，气魄是大的，但一般老百姓大概都还是从过年的辞旧迎新来解读的，这也没有什么不对，一诗两面，二者一体，正如政治家王安石也是文学家王安石。

但是更感动人心的诗还是应该饱含感情的汁水，尤其是个体的、深切的感情。比如清代蒋士铨的《岁暮到家》："爱子心无尽，归家喜及辰。寒衣针线密，家信墨痕新。见面怜清瘦，呼儿问苦辛。低徊愧人子，不敢叹风尘。"一看就知道说的是心里话，而且连面对母亲都没有说出来的心里话也告诉了我们，我们怎能不感动？"低徊愧人子"，一句颇可玩味，为什么"愧"呢？漂泊异乡、世态炎凉、人情冷暖，回到家中，面对慈母的关怀，种种辛苦、酸楚不是正好倾诉吗？可是怕母亲心疼和担忧，因而"不敢"。"不敢"了，为什么还"愧"呢？想必一是惭愧自己未能出人头地、光宗耀祖，让母亲放心和欣慰；二是惭愧自己一年到头在外面漂泊，没有能在母亲膝前承欢尽孝。这份"愧"，是行为上有亏欠的儿子对母爱心理上充分的回报，这首朴素的诗里，母亲的"怜"，儿子的"愧"，同样是深沉而灼热的爱，其中的亲情之浓，人性之美，严寒时节足可用来暖心。

过年的主题，首推辞旧迎新。"辞"中有轻松也有惆怅，"迎"里有期盼也有"畏老"，因此心情很难说是单方独味的喜悦。具体到除夕夜，许多诗人不约而同地表现出了对时间和季节的敏感，有时到了令人惊叹的地步：

"残腊即又尽，东风应渐闻。一宵犹几许，两岁欲平分。"（曹松《除夜》）"官历行将尽，村醪强自倾。厌寒思暖律，畏老惜残更。"（罗隐《岁除夜》）"九冬三十夜，寒与暖分开。坐到四更后，身添一岁来。"（尚颜《除夜》）"一年滴尽莲花漏，碧井屠苏沈冻酒。晓寒料峭尚欺人，春态苗条先到柳。"（毛滂《玉楼春·元日》）……一宵平分两岁，旧年新岁更替，这是千真万确，但说一宵分开寒暖，过了除夕就迎来春天，却更多的是心理作用吧。虽然春节还在冬天里，但比柳条先绿的，是人们心中的某种信念和希望。将春天提前，这是一种美好的集体无意识。

过年的第二个主题自然是阖家团圆了。"归家喜及辰"是无数人心中不变的向往，至今年年声势浩大的春运依然在证明这一点。如果这个时候孤身在外，就难免思乡而伤感。"旅馆寒灯独不眠，客心何事转凄然？故乡今夜思千里，霜鬓明朝又一年。"是寻常人的心思，也是大丈夫的心事，有些悲凉，但依然阔大。这是大诗人高适在唐朝的某个除夕夜写下的《除夕作》。

但是有时人的心里有一个洞,并不是团圆可以填满的。清代黄仲则的《癸巳除夕偶成》就是一个证明,读来别有怀抱、情韵深婉:"千家笑语漏迟迟,忧患潜从物外知。悄立市桥人不识,一星如月看多时。""忧患"什么?有人认为是为一己处境和前程,有人认为是对天下时局的忧患意识,诗人未明说,正好读者可以依照个人的见识和境遇各行其解。我觉得这首诗最动人处在于画面感,"千家笑语"是大块明面,独自"悄立"是小块暗面,这里面本来只有一片模糊涌动的寂寞和失落,但是就在"暗"里面,有一双亮如星辰的眼睛,那是一双慧眼,在注视着没有月亮的天空,注视着正在欢享节庆、对视线以外的事物浑然不察的人们。这样的一双眼睛,使那个除夕有了一个忧郁而警醒的复调,清新中略带凛冽。

无论如何,过年总应该是喜庆的:写春联,贴年画,吃年夜饭,守岁围炉,穿戴一新,出门拜年,笑语盈盈……"续明催画烛,守岁接长筵"(孟浩然《田家元旦》),"剪烛催干消夜酒,倾囊分遍买春钱"(孔尚任

《甲午元旦》），这些情趣和欢乐今天也依然可以继续。

过年意味着新的开始，若再加上人人心中有新的期盼，就真正是"不须迎向东郊去，春在千门万户中"（叶燮《迎春》）了。

荷风·竹露·闲人

天气热了，自然想到写夏天的诗。

脑海里首先浮现的是这几句："银烛秋光冷画屏，轻罗小扇扑流萤。天阶夜色凉如水，坐看牵牛织女星。"继而马上笑起来。这哪里是写夏天的？杜牧的这首名作，诗题就是《秋夕》。那色调凄凉的烛光，那过了节令不再需要的纨扇、那出没在人迹罕至的草木中的萤火虫、那可望而不可即的牛郎织女星，都在诉说宫女凄凉、枯寂、无望的际遇。哪有夏夜的丰盈、馥郁、杂乱喧闹而生机勃勃？如此幽美，如此静寂，如此凄凉，只能是秋夜。但好像也在哪里看到过，说这是描写夏夜的——会错了意的，可能不是我一个人。不过大家都真心喜欢这首诗，大诗人杜牧应该不会怪罪我们。

爱莫能助，只得让那宫女继续枯坐着去，眼下是夏天，我们还是读几首写夏天的诗是正经。

"共有樽中好，言寻谷口来。薜萝山径入，荷芰水亭开。日气含残雨，云阴送晚雷。洛阳钟鼓至，车马系迟回。"这首颇见锤炼却又通体浑成的诗，题为《夏日过郑七山斋》，作者杜审言，初唐"文章四友"中最有成就者，特别在五言律诗的定型上和七言绝句的完善方面，做出了卓越贡献。他是杜甫的祖父，杜甫因此非常骄傲，曾说过一句豪气冲天的话："诗是吾家事"，这话，旁人不服也白不服，因为杜甫不说也轮不到旁人说，纵然是李白，也没有资格说。

《夏日过郑七山斋》是杜审言去郑七家相访，山中访友，在夏天是极相宜的。不但因为山中可以避暑，更兼"有意中人堪寻访"是一种心灵透气甚至精神吸氧。

独自一人面对酷暑就艰难得多，甚至顿生无望之感。"悠悠雨初霁，独绕清溪曲。引杖试荒泉，解带围新竹。沉吟亦何事，寂寞固所欲。幸此息营营，啸歌静炎燠。"

（柳宗元《夏初雨后寻愚溪》）柳宗元是心思很重的人，境遇不佳就尤为痛苦。只看他在夏初雨后都如此寂寞无聊，毫无赏心乐事，便知他到了盛夏定然全身心陷入天气和心情的双重灼烤之中——"苦热中夜起，登楼独褰衣。山泽凝暑气，星汉湛光辉。火晶燥露滋，野静停风威。探汤汲阴井，炀灶开重扉。凭阑久彷徨，流汗不可挥。莫辩亭毒意，仰诉璇与玑。谅非姑射子，静胜安能希。"（柳宗元《夏夜苦热登西楼》）天地间都是暑气，摆脱无计，无法入睡，独自登楼，仍觅不到凉意，仰望星空也只能倾诉自己的怨愤，最后承认自己不是姑射山上的神人，无法指望像他们那样清净安详。柳宗元是明白人，他清楚因为对政治的关心和对当权者的不满，那种"暑热"来自心中，他是无法得到真正的清凉和安宁的。

比起柳宗元，窦叔向的名号是很不响亮的，但这首《夏夜宿表兄话旧》却意味深厚，颇为感人："夜合花开香满庭，夜深微雨醉初醒。远书珍重何曾达，旧事凄凉不可听。去日儿童皆长大，昔年亲友半凋零。明朝又是孤舟别，愁见河桥酒幔青。"近人俞陛云评论："以其一片天真，最易感动。中年以上者，人人意中所有也。"（《诗境浅说》）确实如此，全是常情，纯胸臆语，自然流出，自作感喟，不欲人共鸣而共鸣自起。这首诗让我想起情境相似的李益的《喜见外弟又言别》，但情感比李诗更五味杂陈，因此有些接近杜甫感人肺腑的《赠卫八处士》了。

夏天亲友相聚，其实也有不便，就是在动辄汗流浃背的温度下需要穿戴得相对整齐。这样一想，就马上明白在夏天衣冠楚楚地陪伴皇上是何等的苦差事（全程无空调）！何况热得发昏之际，照样要面对皇上随时"发难"的"命题作文"，"应制"作诗。宋之问的人品与"君子"毫不沾边，但他确实有才华，在这样的情况下，写出来的诗，照样工整富丽，而且做到了颂圣、写景、渲染、余味几不误。谁说当官不要本事？"高岭逼星河，乘舆此日过。野含时雨润，山杂夏云多。睿藻光岩穴，宸襟洽薜萝。悠然小天下，归路满笙歌。"（宋之问《夏日仙萼亭应制》）《红楼梦》七十六回湘云笑着说"不犯上替他们颂圣去"，可见纯粹的诗人的取向，但在宋之问，"颂圣"不但是本职工作、是"己任"，而且和他的攀附投机型人格非常匹配，正可发挥才华大展怀抱，因此在其作品中这类诗占了很大比例。

做个闲人，逍遥在山水之间，自然可以清凉许多，但同道中人却也不是时时相聚的。"山光忽西落，池月渐东上。散发乘夕凉，开轩卧闲敞。荷风送香气，竹露滴清响。欲取鸣琴弹，恨无知音赏。感此怀故人，中宵劳梦想。"这是孟浩然《夏日南亭怀辛大》。这首诗明净恬淡、温润莹洁，有月光，有荷风，有竹露，有在心里响起的琴声，有对友人的思念。天地，风物，闲人，那么和谐，那么清净，那么自在，让人心生感恩。

如果只选一首关于夏天的诗，也许犹费踌躇；但若只选一句，那么就选"荷风送香气，竹露滴清响"吧，它让人觉得夏天是清凉的，而且清芬四溢，晶光流转。荷风，竹露，闲人，诗人重新命名了夏天。

人间有味

总觉得唐人在饮食方面偏于简单。这可能是我的错觉，但不能怪我，责任在唐诗。

全部唐诗里，关于饮食的诗句，最难忘的是杜甫的《赠卫八处士》中的一句："夜雨剪春韭，新炊间黄粱。"那是描写他到一个老朋友家受到的招待，那顿饭让大诗人写成了千古美餐：是春天，有当令的菜蔬；是雨夜，于是有湿度和气氛。餐桌上有鲜艳悦目的色彩（绿、白、黄），有朴素而天然的香味。生活气息扑面而来，食欲美、人情美在温暖的色调中交织氤氲。

还有李白，他的笔下满溢着酒香，但是真正的酒徒往往对食物不太在意，也是做客，也写食物，他就非常简单："跪进雕胡饭，月光明素盘。"（《宿五松山下荀媪家》）雕胡就是茭白，能结实，名叫菰米，可作饭。用白色盘子装了这样的饭，虽然简单到了寒素的地步，但在月光下该会有晶莹剔透的感觉吧。

印象中，到了宋代，情况就不一样了。因为苏东坡的胃口就好得很，他不但发明了像东坡肉这样的名菜，而且在笔下也留下了勾魂摄魄的永远的美味。且看他的《惠崇春江晚景》——

竹外桃花三两枝，春江水暖鸭先知。蒌蒿满地芦芽短，正是河豚欲上时。

蒌蒿、芦笋、河豚，和竹、桃花、江水相提并论，一起充当了仲春的使者，这首诗不但画意盎然，而且在后两句诗里苏东坡显示了他不但是一位观察细致的诗人，而且是一位真正的美食内行。"坡诗……非但风韵之妙，盖河豚食蒿芦则肥，亦如梅圣俞之'春洲生荻芽，春岸飞扬花'，无一字泛设也。"河豚吃蒌蒿芦笋就长得肥，三者之间有内在关系，苏东坡不是随便写写的，每个字都有道理——《渔洋诗话》里这样赞美了他。

在他笔下，早春景象也和美食有关，这是《浣溪沙》的下半阕："雪沫乳花浮午盏，蓼茸蒿笋试春盘。人间有味是清欢。"古代风俗，立春日以萝卜、芹菜置盘中送人，表示贺春，叫作春盘。这里写出了春盘的内容，同时点出时间是早春，"雪沫乳花"的茶和"蓼茸蒿笋"的春盘，同为清香之物，超尘脱俗，又一白一绿，鲜明生动，使"有味""清欢"水到渠成。

明代的文人中，最讲究吃又擅写吃的当数张岱，一篇《蟹会》纯粹写吃，寥寥两百字，却写得刻神入骨、回肠荡气，将以蟹为命的李渔《闲情偶寄》中写蟹一节比得啰唆小气、黯然失色。不过这两位"吃家"的作品不是诗词，这里姑且按下不表。

诗里写吃写得多且妙的，还是画、诗、书三绝的郑板桥。他写吃往往是一派平民风味："稻蟹乘秋熟，豚蹄佐酒浑""江南大好秋蔬菜，紫笋红姜煮鲫鱼""湖上买鱼鱼最美，煮鱼便是湖中水""买得鲈鱼四片腮，莼羹点豉一樽开"，甚至连"笋脯茶油新麦饭"也入了诗；词里有"紫蟹熟，红菱剥。桄桔响，村歌作""白菜腌菹，红盐煮豆"诸句；题图也有"江南鲜笋趁鲥鱼，烂煮春风三月初"之句。

郑板桥还有一副好对联，联曰：白菜青盐粯子饭 瓦壶天水菊花茶。很喜欢这副对联，全是静物，而其人自在，纯是素朴，而品格自华。粯子是粗麦粉，这样的茶饭，真是一贫到底了，但是如此清洁自守、为民不谀、为官不贪，自得其乐，这样的茶饭最干净，吃着最安心。

"木樨蒸"引出"芙蓉煎"

　　秋来，桂花的馥郁笼罩了全城。小区里的几棵今年开得分外盛大，忍不住走到桂树下，仰首享受那浓郁而清甜的香气，由衷地重复往年的惊叹：真香啊！真好闻！

　　好像每个花蕾都是一个迷你的黄玉瓶，里面藏着经过三个季节酝酿出来的香膏，等到"秋"君临，于是欢呼着将亿万小玉瓶中的香膏一起倾出，要从头到脚地膏沐这位新王。这一世界义无反顾的香，让人惊喜、陶醉，又暗生无功受禄的惭愧，几乎有点不知如何是好了。

　　桂花总让我想起辛弃疾的《清平乐·忆吴江赏木樨》：

少年痛饮，忆向吴江醒。明月团团高树影，十里水沉烟冷。　　大都一点宫黄，人间直恁芬芳。怕是秋天风露，染教世界都香。

咏桂而得其风神，意境优美又开阔，字字清芬四溢。"大都"是"不过"之意，"一点"，言桂花之小，再借用宫中女子涂额的"宫黄"来道其色；当然主要为了惊叹其"香"——不过是这么小的点点嫩黄，竟然香到如此地步，让整个人间都芬芳起来了。

极爱桂花，又极爱辛词，以至于不见桂花时也会想起这阕《清平乐》。不久前逢《青年文学》出刊五百期，我就录了这首寄去表示祝贺，因为它是关于青春的记忆，飞扬、温暖、明亮、喜悦，正如《青年文学》这本名刊二十年来给我的感觉。

唐人咏桂名句，只记得卢照邻的《长安古意》的结尾："寂寂寥寥扬子居，年年岁岁一床书。独有南山桂花发，飞来飞去袭人裾。"

无论是衬托南山的清幽和读书人的品格高洁，还是暗喻寂寞才子的文名将流芳百世，对桂花的慕悦之情都是非常强烈的。

桂花绽放的前后，天气突然闷热，好像掉头回到了夏天。初秋这种阴雨低温之后的晴好闷热的天气有个名头，叫"木樨蒸"，又叫桂花蒸。《清嘉录》卷八有"木樨蒸"条："俗呼岩桂为木樨，有早晚二种，在秋分节开者曰早桂，寒露节开者曰晚桂。将花之时，必有数日炎热如溽暑，谓之木樨蒸，言蒸郁而始花也。自是金风催蕊，玉露零香，男女耆稚，极意纵游，兼旬始歇，号为木樨市。"

木樨蒸。桂花蒸。初听便心生喜悦，多么贴切生动，又何其美妙风雅！渐渐还觉得此中包含了一种来自民间、温润而坚韧的乐观态度。好像突然卷土重来的溽暑，就是为了成就一场桂花的盛典，于是复辟的高温不再令人不快，反而像一个高高兴兴订的盟约："桂花要开了，得热几天哦。""好说好说，桂花香多好闻呀，尽管热！"

一直琢磨着，要按此逻辑给另几种天气也取个好名头，来安抚那时节数着日子苦撑的自己。

荷花盛开时正是太阳"火力全开"之时，念在荷花就需要那样的灼热和强烈光照，那种烘烤一般的天气，不如就叫"荷花烘"？不好听。那么，"芙蓉烤"？听上去容易误会成"芙蓉考"，荷花不需要考证，也不好。是了，叫"芙蓉煎"，又名"荷花煎"（依例）。天气实在太热了，可是我不再说"热死了"，偏偏想：这是芙蓉煎啊。这不是无聊的命名游戏，这么一叫，潜台词就成了："不这么着，荷花她可不开！出水芙蓉多好看啊，那年在西湖曲院风荷，还有绍兴沈园……唉，为了荷花，说不得忍着点热了。"

隆冬季节，霜冷风寒，大地冰封，但是蜡梅却偏喜冷，此花宜在寒潮来时，放在风口霜地，受足了寒，冬天着花才盛才艳，自然清香更多。那么，将那种"最难将息"的大冷天唤作"蜡梅冻"，那时的霜昵称"蜡梅霜"吧。这样一来，那份侵肌入骨的寒冷就带上蜡梅的清香，容易忍耐些了。

春天风雨不定、容易感冒的轻寒天气？就叫个"梨花阴"吧。

　　为了桂花，真心欢迎木樨蒸；为了蜡梅，从容应对蜡梅冻；为了梨花，大可笑对梨花阴；为了荷花，从此也不惧芙蓉煎。却原来，面对同一件事，感受也可以私人定制并且秘密刷新的，只需要一个别致而有趣的理由。

看唐人如何度夏

在"三联生活节气"微信号上读到一篇"《遵生八笺》中的避暑逸事"，有入水避暑、河朔夏饮、高卧北窗、避暑凉棚、琢冰山、临水宴、溜激凉风、读随树荫、浮瓜沉李等妙法，还有澄水帛、冰丝茵、招凉珠诸奇物，煞是有趣。

再读唐诗，就留意起唐代的人是如何度夏了。

喝茶粥——"当昼暑气盛，鸟雀静不飞。念君高梧阴，复解山中衣。数片远云度，曾不蔽炎晖。淹留膳茶粥，共我饭蕨薇。敝庐既不远，日暮徐徐归。"（储光羲《吃茗粥作》）——夏令饮食自然与他时不同，茶粥可以清火、开胃、宁心、提神，确是上选。

水亭饮酒、纳凉赏景，兼送别朋友——"亭晚人将别，池凉酒未酣。关门劳夕梦，仙掌引归骖。荷叶藏鱼艇，藤花胃客簪。残云收夏暑，新雨带秋岚。失路情无适，离怀思不堪。赖兹庭户里，别有小江潭。"（岑参《六月十三日水亭送华阴王少府还县》）

清塘泛舟——"端居倦时燠，轻舟泛回塘。微风飘襟散，横吹绕林长。云澹水容夕，雨微荷气凉。一写惘勤意，宁用诉华觞?"（韦应物《南塘泛舟会元六昆季》）

自己北窗高卧，山童擂茶待烹，自然是文人雅士的夏日——"南州溽暑醉如酒，隐几熟眠开北牖。日午独觉无余声，山童隔竹敲茶臼。"（柳宗元《夏昼偶作》）

武将到底与文士不同，即使已经退隐消沉，在门庭冷落之下犹自残存华贵和豪迈的底色，比如张玭的《夏日题老将林亭》：

百战功成翻爱静，侯门渐欲似仙家。

墙头雨细垂纤草，水面风回聚落花。

井放辘轳闲浸酒，笼开鹦鹉报煎茶。

几人图在凌烟阁，曾不交锋向塞沙？

"墙头雨细垂纤草，水面风回聚落花"是颇受称道的佳句，前句说无人登门，主人也无心收拾，园林都荒凉了，后句说落花在水面上随风回旋。但容得了落花回旋的池塘，规模也不会小，何况还有浸在井中沁凉的酒和会通知仆人煎茶的鹦鹉，寥落中还是舒适自在，存些许富贵气象。

说到写富贵气象，"笙歌归院落，灯火下楼台"是享有定评的名句。出自白居易的《宴散》，全诗曰：

小宴追凉散，平桥步月回。

笙歌归院落，灯火下楼台。

残暑蝉催尽，新秋雁带来。

将何迎睡兴，临卧举残杯。

白居易中年以后，采取"中隐"策略，过着知足安命、逍遥自得的生活，同时他十分爱好音乐，亲手谱制过不少乐曲，还能弹琴吹笙，指挥乐队。他蓄养有不少的家伎，"素口蛮腰"的典故就是出自他的家伎樊素和小蛮，素善歌，蛮善舞。赵翼在《瓯北诗话》中曾说："其家乐直可与宰相、留守比赛精美。"可见白居易的家乐的阵仗。

白居易似乎是《红楼梦》里贾母一流人物，与其说他诗写得巧妙，不如说他享受得非常有层次：先举行盛宴，灯火辉煌，笙歌齐作，家伎献舞，觥筹交错，主客尽欢后，主人吩咐仆人们送客，灯火引导客人从楼台款款而下，各路车马慢慢散去：主人看月色正好、夜气方凉，再步月乘凉，回来还不愿睡去，再自斟自饮一番，然后心满意足，带着微醺安睡。

即使是这样的富贵中人，有时也会用最简单的法子来消暑，就是早睡——"人定月胧明，香消枕簟清。翠屏遮烛影，红袖下帘声。坐久吟方罢，眠初梦未成。谁家教鹦鹉，故故语相惊。"（白居易《人定》）

但有些人以更加注重精神世界的方式度夏，比如王维的《积雨辋川庄作》：

积雨空林烟火迟，蒸藜炊黍饷东菑。

漠漠水田飞白鹭，阴阴夏木啭黄鹂。

山中习静观朝槿，松下清斋折露葵。

野老与人争席罢，海鸥何事更相疑。

连日雨后，树木掩映的村落里炊烟终于升起。正在烧的粗茶淡饭是要送给村东耕作的人的。广阔平坦的水田上时有白鹭飞过；繁茂的树林中传来黄鹂婉转的啼声。我在山中修身养性，观赏朝槿晨开晚谢领悟人生；在松下和露折葵，不沾荤腥。我已经是一个从追名逐利的官场中退出来的人，而鸥鸟为什么还要猜疑、不肯亲近我呢？

隐居田园、习静、食斋，这样度夏，不但抛却了腥臊荣利、挣脱了名缰欲锁，而且脱离尘俗，与天地相融，更摒弃他人，与魂魄周旋。因此获得了真正宁静和无上清凉。

"漠漠水田飞白鹭，阴阴夏木啭黄鹂"，这两句诗的好，使任何赞美都显得笨拙而可笑。王维笔下的夏天，有空林、白鹭、黄鹂，有炊烟、耕田和淳朴的农人，还有一个远离争竞、挣脱尘网、回归自我的诗人，这位诗人一身轻松、满心洁净，走进了那幅幽美恬淡、清静无尘的山水画。

这个画面，这个境界，和王维的诗风一样，"多少自在"！

入山、习静、食斋，我学不来，但我会：饮茶、养壶、赏瓷、看帖、读书——尤其是读王维的诗，最是清凉消暑。

诗中地图，胸中山河

若谈及以地名入诗的名作，大概百分之九十的唐诗读者（包括本人）会想到杜甫的《闻官军收河南河北》。这首杜甫"生平第一快诗"端的是传播众口、小儿能诵：

剑外忽传收蓟北，初闻涕泪满衣裳。

却看妻子愁何在，漫卷诗书喜欲狂。

白日放歌须纵酒，青春作伴好还乡。

即从巴峡穿巫峡，便下襄阳向洛阳。

尾联写的是杜甫心中盘算的返乡路线，其实更多的是表现多年思乡心切，一旦得以返乡时心情的迫不及待，一口气用了四个地名：巴峡、巫峡、襄阳、洛阳。加上第一句中的"剑外"（指剑门以南）和"蓟北"（指河北，安史叛军的巢穴），不包括标题，这首诗用了六个地名。但是，谁会打开地图一一寻找这些地方、辨析今昔变更？更不会当真去想杜甫规划的回乡路线是否最合理、路费是否合算了。

这首诗的好，在于再真切不过地写出了天下大势对一个生命个体的影响。平叛战争终于胜利，一个漂泊已久、愁苦憔悴的人因此狂喜，这时候他不是诗人，只是一个普通人——平时写诗论诗越个人越个性越好，这个时候却是这份"普通"带来结结实实的冲击，由此我们想到千千万万和他一样的普通百姓的狂喜，颠沛流离、望眼欲穿、天旋地转、苦尽甘来的狂喜，于是我们也感染了那份巨大的喜悦。天下局势之定、漂泊之远之苦、返乡心情之急迫，非这些地名不能产生这等感染力。

喜欢或者说"敢于"以地名入诗的，李白实在甚于杜甫。

杜甫八句用了六个地名，李白居然四句连用五个地名："峨眉山月半轮秋，影入平羌江水流。夜发清溪向三峡，思君不见下渝州。"(《峨眉山月歌》)"峨眉"是峨眉山，"平羌"是平羌江，即青衣江，大渡河的支流，源出四川芦山西北，至乐山而入岷江；"清溪"容易被理解成不拘哪里的一条清澈的溪流，但按照人民文学出版社版熊礼汇评注《李白诗》的注解，却是青溪驿，位于黎头峡上游；"三峡"指乐山县黎头、背峨、平羌三峡；渝州，就是今天的重庆。考虑到"三峡"是三处，其实这首诗里的地名，是七个。诗凡二十八字，七个地名！

说句题外话，前年曾经参加一个笔会，乘游轮从武汉到重庆，算是沿着李白的踪迹走了一段。过三峡之前的夜里看到了平生仅见的璀璨迷人的银河。"思君不见下渝州"，李白当时思念的是"就住在附近，可是又无缘相见的友人"（沈祖棻《唐人七绝诗浅释》），而我怀想的，是头顶星星一般长久明亮的李白。只是被同舱女作家的鼾声和夜间船上卸货的响声所扰，连续几夜不曾踏实入睡，结果到重庆下船时竟然晕倒了，有来自不同国家的作家们做证，我竟是"五体投地到渝州"了。

　　李白的胆气、笔力和"炉锤之妙"实在过人，竟将这么多通常不融于诗的地名直接写入诗中，却不滞不板、天巧浑成，情思缥缈而韵味悠长、境界清美。相似的手法与韵致在李白腕下随处可见——《闻王昌龄左迁龙标遥有此寄》曰："杨花落尽子规啼，闻道龙标过五溪。我寄愁心与明月，随风直到夜郎西。""龙标"是王昌龄被贬官的任所，在湖南安江；"五溪"指辰溪、酉溪、巫峡、武溪和沅溪，在今天川南、黔东北、桂北、湘西南一带；"夜郎"，不是众人熟知的"夜郎自大"所嘲笑的那个"夜郎国"，而是夜郎县，唐代有"夜郎"这个县，专家考证了，大约在今天的湖南芷江县西南一带。

　　再看《白云歌送刘十六归山》："楚山秦山皆白云，白云处处长随君。长随君，君入楚山里，云亦随君度湘水。湘水上，女萝衣，白云堪卧君早归。"也是连用多个地名（"楚山""湘水"各两次，"秦山"一次）。

　　这两首都是表达一缕离情处处相随之意，只不过李白那颗挚爱着朋友的心，在前一首化为明亮的圆月，在后一首幻作缱绻的白云。

手法相近而更繁复高妙的则是《峨眉山月歌送蜀僧晏入中京》：

> 我在巴东三峡时，西看明月忆峨眉。
>
> 月出峨眉照沧海，与人万里长相随。
>
> 黄鹤楼前月华白，此中忽见峨眉客。
>
> 峨眉山月还送君，风吹西到长安陌。
>
> 长安大道横九天，峨眉山月照秦川。
>
> 黄金狮子乘高座，白玉麈尾谈重玄。
>
> 我似浮云殢吴越，君逢圣主游丹阙。
>
> 一振高名满帝都，归时还弄峨眉月。

题目里有"峨眉""蜀""中京"三个地名，诗中有"巴东""三峡""峨眉"（六次，连题目共七次）"沧海""黄鹤楼""长安"（二次）"秦川""吴越"，竟出现了十七处（次）地名。饶是这样，却是一派月随人行、水随天去、山鸣谷应、挥洒自若。立意不重要，结构不重要，便是这种气度，这份自在，实在难求，更是难学。

难怪前人早有赞叹："是歌当识其主伴变幻之法。题立峨眉作主，而以巴东三峡、沧海、黄鹤楼、长安陌、秦川、吴越伴之，帝都又是主中主：题用'月'作主，而以'风''云'作伴，'我'与'君'又是主中主。回环散见，映带生辉，与有月映千江之妙，非拟议所能学。巧如蚕，活如龙，同身作茧，嘘气成云，不由造得。"（严羽评点《李太白诗集》）

如此将地名几枚方糖一般信手拈来投入诗中，融出意境，想来和当时时代风气有关。当时的风气人心向上、意气高扬，士人以天下为己任，渴望建功立业，同时实践或者向往着遍访名山壮游天下，即使人在书斋心中也自有大唐的千山万壑、大漠名川。肯定也和李白豪放不羁、喜好游历的性情有关，或许还和他一生仰慕以山水诗著称的谢朓有关呢。

当然，这些本不易融的"地名方糖"能够融于诗，就只和才气有关了。这是李白，"神识超迈""逸气横出"等语，似乎只有用来说他才最贴切。

不是爱花即欲死

中国自古是一个爱花的国度。文人多情，爱花尤甚。

杜甫。这位"肠热心清，圣德之至"的诗圣，在他笔下，简直花影处处，花香不绝："风含翠筱娟娟净，雨浥红蕖冉冉香""绿垂风折笋，红绽雨肥梅""蔼蔼花蕊乱，飞飞蜂蝶多""江动月移石，溪虚云傍花""迟日江山丽，春风花鸟香""江碧鸟逾白，山青花欲燃""云掩初弦月，香传小树花""一片花飞减却春，风飘万点正愁人"……

集中体现他一片爱花心肠的，当数《江畔独步寻花七绝句》。其中一首是这样的："黄师塔前江水东，春光懒困倚微风。桃花一簇开无主，可爱深红爱浅红？"另一首是："黄四娘家花满蹊，千朵万朵压枝低。留连戏蝶时时舞，自在娇莺恰恰啼。"那茂盛浓密的花朵，那被压得低垂下来的枝条，那时时飞舞的蝴蝶，那恰恰啼鸣的黄莺，组成了一幅动感迷人的春日画卷，蕴含着欣喜之情。

最见诗圣爱花之情的是这首："不是爱花即欲死，只恐花尽老相催。繁枝容易纷纷落，嫩蕊商量细细开。"后面两句说，花一旦盛开就会纷纷凋落，所以还没开的可要商量斟酌着慢慢地开啊。

白居易。仅看他诗集的标题，便能感觉到他对花的感情到了何等地步：《京兆府新栽莲》《赏花》《惜牡丹二首》《秋题牡丹丛》《山石榴寄元九》《大林寺桃花》《采莲曲》《惜花》……而他脍炙人口的名作《忆江南》第一首就是："江南好，风景旧曾谙。日出江花红胜火，春来江水绿如蓝。能不忆江南？"江南的美景不胜枚举，但在白居易的记忆中，首先浮现的就是江畔的鲜花。对花的眷恋，已不需要更多的证明。

在我看来，爱花的白居易的另一个伟大功勋，就是他影响了苏轼。凡喜爱古典文学的人，几乎没有不热爱苏轼、崇敬苏轼的，大家都习惯称他"苏东坡"，但许多人不知道，这"东坡"二字恰恰和白居易有关。元和十三年，白居易在被贬为江州司马几年后改任忠州刺史，任期三年。忠州是个偏僻的小地方，诗人自然思乡且寂寞失落，但他能自我排解，他排解的方式就是种花树——"无论海角与天涯，大抵心安即是家。路远谁能念乡曲，年深兼欲忘京华。忠州且作三年计，种杏栽桃拟待花。"（《种桃杏》）他还写了《东坡种花》，其一为："持钱买花树，城东坡上栽。……"就是这些诗，让苏轼给自己取了"东坡"的号。《二老堂诗话》载："本朝苏文忠公不轻许可，独敬爱乐天，谪居黄州，始号东坡，其原必起于乐天忠州之作也。"

苏东坡。这位天才大文学家，最钟爱海棠花。在《记游定惠院》一文中，开篇就是："黄州定惠院东，小山上，有海棠一株，特繁茂。每岁盛开，必携客置酒，已五醉其下矣。"诗中也多次写到："江城地瘴蕃草木，只有名花苦幽独。嫣然一笑竹篱间，桃李漫山总粗俗。也知造物有深意，故遣佳人在空谷。……明朝酒醒还独来，雪落纷纷那忍触！"

被贬黄州四年后，东坡对海棠爱之更甚："东风袅袅泛崇光，香雾空濛月转廊。只恐夜深花睡去，故烧高烛照红妆。"（《海棠》）"只恐夜深花睡去"，痴绝，亦韵绝，遂成赏花惜花的千古绝唱。

张岱。这位明末的贾宝玉，极性情、极风雅的妙人，对花草自然不会不耽溺。《陶庵梦忆》中《天台牡丹》描写牡丹花团锦簇之美；《朱文懿家桂》记载了一株特别茂盛、自开自谢的桂树；《金乳生花草》写种花高手金乳生，勾勒传神；《梅花书屋》记录自己的梅花书屋四周为牡丹、海棠、茶花、西番莲、蔷薇等密密环绕；《不二斋》的内外则有翠竹、蜡梅、建兰、茉莉、菊花、水仙、芍药；《一尺雪》写芍药的异种（珍稀品种）；《菊海》是赏菊的惊叹；《范与兰》写植兰高手与他的兰花……张岱是如此的爱花，以至于即便是写风土人情时也常常花影摇曳、花香飘浮："吾辈纵舟，酣睡于十里荷花之中，香气拍人，清梦甚惬。"（《西湖七月半》）

曹雪芹。一部《红楼梦》，半部是他献给花朵的情书。

　　为什么如此爱花?"不是爱花即欲死,只恐花尽老相催。"爱的是良辰美景、赏心乐事、似水流年,爱的是花一样美、也像花一样不为任何人停留的,那些瞬间。

辑三

好天气

在那一刹那，

我感到了一种甜蜜的忧伤和迷惘的满足。

秋阳在我身上，

我在群山之上，

——她已存在了千年，

眼前是这样一个隽美的梦境

而我还年轻。

却顾所来径

"你是哪里人？"

我的回答：泉州人。虽然更正确的答案是：福建泉州人，但是我总是省略掉省份，这个省略是不无骄傲的——因为这不是别处，这是泉州。而听见这个回答的人，也总是立即露出会心笑容：泉州？啊，好地方。

为什么说是好地方？是古城。历史悠久。文化深厚。民风淳朴。物产丰富。生活安逸。

我常常会加上一句：在海边。是的，怎么能不提大海呢？作为爱海的人，我对不爱海的人一直抱持成见。而海洋，对泉州而言也确实是来自上苍的一个密咒或者一个热吻。正在兴起的泉州学，如果只能有一个关键词，我认为就是：海。

不过说到泉州，许多人没有说出来的第一印象是：泉州很小。是的，在十四世纪起的这六七百年间，泉州，渐渐成了一枚古味十足、包浆温润的玉坠子，玲珑可喜，但终究只是小巧。泉州，她不再是一个巨大的城、繁华之城、光明之城、梦想之城。在那个"古"字里面包含的开放和自由，荣耀和辉煌，都像南洋香料的袅袅香烟和美妙气息，在遥远的时空中飘散了。

曾经的八面来风，万国通商，烈火烹油，鲜花着锦，早已像海潮一样退去，像海雾一样消散。一切沉寂了，却连足够的叹息都没有换来，这才是真正的凄凉。

如今，因为海上丝绸之路的重提，刺桐港，泉州，重新成了热词，而泉州人也在谋划着搭上这一次季风，重温光荣的旧梦。

"却顾所来径，苍苍横翠微。"穿过茫茫时空，"却顾"泉州的往昔，能看到什么？

东汉末年，中原战乱，衣冠南渡，拉开了汉人入闽的序幕。原本偏僻的边疆，在魏晋南北朝发生了巨大变

化。"泉州清源郡……东晋南渡，衣冠士族，多萃其地，以求安堵，因立晋安郡。"（《太平御览》卷170引《十道志》）

与中原迥异的，是泉州的地理水土。"泉州人稠山谷瘠，虽欲就耕无地辟。"（谢履《泉南歌》）那么当地人的生计如何安顿？

一是在山区与山争地、开垦梯田——"晋江江畔趋春风，耕破云山几万重"（五代时期安溪首任县令詹敦仁《留侯受南唐节度使，知郡事，辟予为属，以诗谢之》），"水无涓滴不为用，山到崔嵬尽力耕"（宋泉州知州朱行中诗），"一岭复一岭，一巅复一巅。步邱皆力穑，掌地也成田。线引山腰路，线穿石眼泉。眉山同是号，此处合生贤"（宋安溪知县黄锐诗）。二是沿海填海为田。三是海外贸易——"州南有海浩无穷，每岁造舟通异域"（谢履《泉南歌》），泉州因此成为海上丝绸之路起点，这个留待后面专门再叙。

回头先说陆地上的事情。好不容易开出了田地，泉州种了些什么呢？

既然北方汉人纷纷南下，农作物除了稻子（宋真宗时期引入了原产越南的占城稻），自然还有抚慰习惯面食的北方人肠胃的麦子。宋代泉州知州王十朋《出郊劝农，饭蔬于法石僧舍，时方闵雨，有无麦之忧，因成八绝》诗，不但题中赫然见"麦"，而且诗中有"二麦青黄雨失时，农夫相顾但嗟咨"之句，说明泉州当时已经普遍种"二麦"——大麦和小麦。

棉花，当时叫吉贝，也叫吉布，是印度语 KAPOK 的转音。宋林夙诗："玉腕竹弓弹吉贝，石灰著叶送槟榔。泉南风物良不恶，只欠龙津稻子香。"出现了女子弹棉花的场景，不消说，泉州早已种棉花了。

泉州是宋代全国四大甘蔗产地之一，可惜"泉糖"似乎不曾如"吴盐胜雪"那样清艳宜人地入词，不知是词人们到泉州不多，还是觉得"泉糖"不够风流蕴藉，而不入文人雅士之"诗眼"。到了清代终于有诗写到制糖设备和工艺："闽南多蔗林……制糖常有格，锯齿磨轮形，驱牛负其轭。……既济功斯成，灿然熬波白。作甘配酸碱，饴饧随俗适。"（张尚瑗《糖车》）总算略慰我这个嗜甜者之怀。

泉州出产很多水果，尤以荔枝、龙眼（鲜桂圆）远近驰名。荔枝有兰家红、法石白、进贡子等名品。外省所谓桂圆，闽地只叫龙眼，但其实，当初"龙眼"只是其中的上等品，后来却成了通称："大者名龙眼，其次名人眼，小者名鬼眼，俗不复识别，总之为龙眼。"（嘉靖《惠安县志》卷五，《物产》）也许不是不能分辨，而是"人眼""鬼眼"不好听，所以被人遗弃不用。

当时龙眼的地位不如荔枝高，但博得的咏叹却不少。王十朋咏龙眼曰："绝品轻红扫地无，纷纷万木以龙呼。实如益智本非药，味比荔枝真是奴。"龙眼有"荔枝奴"之称，所以末句说"真是奴"，诗不可谓佳，但对龙眼、荔枝的比较，显出了吃货本色。宋刘子翚则如此赞美龙眼："香剖蜜脾知韵胜，价轻鱼圆为生多。"蜜脾，就是蜂巢里带蜡盖的成熟蜜，也叫"封盖蜜"，这句是说龙眼之香甜，后句则说龙眼价格比当地的名小吃鱼圆还贵。

番薯（甘薯）既然番字当头，自然是从异域传入的，番薯原产于中美洲，明代传入中国，泉州即为最早传入地之一。番薯对泉州人有大恩，有记载 1594—1595 年 (万历甲午乙未年间) "温陵饥，他谷皆贵，惟薯独稔，乡民活于薯者十之七八"。番薯最早传到灵水乡，清人吴增有 "传闻灵水最先栽，泛海携从南澳来。今日他乡多种菜，薯花不及菜花开"。这是在感叹时移境迁，番薯已经不那么受重视了。是因为经济发达、贸易兴盛，泉州人已经彻底摆脱了饥饿的威胁，从而对番薯的兴趣也减弱了？作为一个泉州人，我的这种猜测可能是一种愿望。

亲爱的岛，亲爱的海

已经记不清是第几次到厦门了。只记得：到厦门，一定会到鼓浪屿。

近年的鼓浪屿，和记忆中的相比，似乎越来越热闹，失去了过往那种海上仙山般的静谧优美，让我有微微的失望。但是，去年，我住在岛上的海上花园酒店，游客退潮后的夜晚和清晨，整个岛又向我露出了熟悉的静美朦胧。如果鼓浪屿是一位美人儿，那么白天她的笑容过于热烈和直白了，接近于美洲女郎的那种风味；只有到了晚上，她才变成了蒙娜丽莎，温婉、恬静而深沉，连笑容都那么神秘。夜晚的鼓浪屿，整个岛迅速地变成一幅浓烈的电影画面，或者一个深邃的幻觉，甚至就是一个梦境：散步的时候，有时举起脚步会突然不敢踏下去，或者面对一枝挡道的三角梅犹豫着可不可以拨开，因为心里总觉得只要做一个动作就会醒来，会被无情地抛回城市的万丈红尘、十面埋伏、无穷辛苦、重重烦恼之中。

听到厦门、鼓浪屿这些词语，每一次都觉得特别温暖，特别愉快，好像和我有很深、很特殊的缘分似的。到了鼓浪屿，总有一种冲动，想要大喊一声："是我，你还好吗？"

是了，我是福建人，而且是血统纯粹的闽南人（父母都是闽南人），但是我出生在泉州，并不是厦门；虽然，我从小就常来厦门，而且两三岁时就在鼓浪屿对面的四姑家，凭窗对着海水咬字不清地说，"海止（水）啊来呀，阿黎要澎澎（'澎澎'者，儿语'洗澡'之意）"，成了全家许多年取笑的"典故"；虽然长大后知道福建人的骄傲——林巧稚先生是鼓浪屿的女儿，成为中文系的学生后，更知道林语堂先生、弘一法师都曾经和鼓浪屿有过不浅的缘分；但毕竟，我的家乡是泉州，我不曾像我所仰慕的林语堂先生那样在这里度过童年和青春岁月，更没有福分，和厦门的文化名片、诗人舒婷一样，神仙一般长久住在鼓浪屿上；甚至我的写作，也一直和厦门没有什么关系。实在很难解释为什么内心对厦门有这么真切而深深的感应。

于是，在很长的时间里，我暗暗承认自己对鼓浪屿所怀着的，是一种类似单恋的、没有来由的感情。有时候，还暗暗嘲笑过自己的自作多情。

但是，生命真是有她的逻辑，早晚会让人拜服于这种逻辑的神秘和天衣无缝。大概是十年前吧，父亲潘旭澜先生的一篇文章给了我提示。那篇文章的题目是《五十年之约》。说的是，20 世纪 50 年代初，父亲和他的两位既是同乡又是同学的好友——曾华鹏先生、吴长辉先生，三位复旦大学的大学生，在西湖边相约，等将来工作、结婚以后，要连同各自的妻子，六个人一起到鼓浪屿，找个好旅馆，好好住几天。这"承载着中国大学生对美好生活的期望""以真纯友谊的名义签字存在心底的合约"，毫无疑问，是年轻的他们的一个梦想。因为，能够在鼓浪屿舒舒服服地住上几天，又是成双作对，几乎已经是当时的他们能够想象出来的美好生活的极致了。就是这样一个毫不奢侈、对今天许多人来说几乎轻而易举的计划，几十年来，就是止于梦想，就是没能实现。为什么会这样，了解那段历史和中国知识分子命运的人们都不会惊讶。

幸运的是，他们的友情从未改变，这也许要部分归功于闽地古风对他们的浸润。饱经忧患而一向语速迟缓、落笔谨慎的父亲，白纸黑字地这样评价他们的友情："无论什么季节，无论风雨晦明，无论山呼海啸，即使音书断绝，即使朝不保夕，即使独处危崖，我们都知道，有那么两个好友，心底开着雷达，搜索着自己的动向，关注着自己的命运。"（此刻读完这几句，泪水再次盈满我的眼眶。）终于，在那个约定的五十年后，他们在鼓浪屿住了一个星期，不过只是四个人，只有华鹏伯伯如约带了夫人赵春华阿姨，父亲和长辉伯伯都只是一个人前往，母亲和长辉伯母都没有参加，父亲的解释是："都老了，早就没有什么闲情逸致了，而且各自家里有种种杂事缠住。"那次相聚非常欢乐，他们毫无计划，每天在岛上散漫地信步，一日三餐在岛上找喜欢的餐厅吃，还回宾馆午睡，晚上就在一个套房里喝茶、饮酒，"三家村夜话"聊得十分畅快。父亲感慨地写道："我能活过七十岁，又能与也经过磨难的好友来这里寻梦，要说是幸运，自然可以。毕竟尚能行走的时候，踏遍全岛的街道和海边，找回五十年前的旧梦。然而，它已苍老残破。"是啊，他们本该风华正茂、意气风发、大展才华的岁月，却在风暴的席卷、无情的摧折、备受压抑和歧视中度过，而且青春永不再来，一切无法弥补。

是 2013 年 5 月 31 日的今天，仔细重读《潘旭澜文选》中的这一篇，才发现当时他们住的就是海上花园，和我去年住的是同一个地方。父亲如鹤的身姿在 2006 年 7 月消失于长江入海处的苍茫——在此之前，华鹏伯伯和长辉伯伯各自从扬州和香港来看望了他。然后是长辉伯伯温暖人心的笑脸隐没于浅水湾的蓝天白云。最后，华鹏伯伯潇洒的身影也在 2013 年的 1 月悄然淡入江南的烟雨树木。天塌般的悲伤、海啸般的哀痛和孤儿般的茫然无措之中，我紧紧抓住一个想象来安慰自己：他们已经在另一个世界得以欢聚，继续海阔天空地喝茶神聊……
他们都是如此守信、重情的君子，一定是这样的，一定。

是的，鼓浪屿埋藏着父亲和父执们的青春旧梦，带
来过他们一生中并不多的、因此弥足珍贵的悠闲和愉快。
鼓浪屿上的那些古榕树、椰子树、罗汉松、棕榈树，那
些凌霄花、三角梅、鸡蛋花、爆竹花，都见证过他们的
流连忘返和彻夜长谈（我知道，他们饮的是铁观音，说
的是闽南话）；他们心里五味杂陈的感情和心绪，也肯定
汇入过鼓浪屿海面上那不断涌动的波浪……鼓浪啊鼓浪，
鼓起的是多少代人心中不灭的梦想和深沉的眷念，人们
深爱的是这个小岛，又不仅仅是这个小岛，而是以"鼓
浪屿"命名的一种生活：宁静、丰饶、舒适、优雅，以
蓝天大海、琴棋书画为伴，在大自然和艺术的双重眷顾
之中，远离贫穷和愚昧，远离稻粱谋、生存法则和尘世
的纷纷扰扰……但这种生活，对多少代中国人来说，始
终还是离梦想近，离现实远。

如果说，是父辈对鼓浪屿一生不移的情感，让我对
鼓浪屿有特殊感觉，应该算"虽不中，亦不远矣"。

但命运神秘的拼图中，还有一块小拼板，是不喜欢儿女情长的父亲没有披露的，幸亏母亲将它递给了我。去年，当我独自漫步在菽庄花园的栈桥上，身边的园景和眼前的海景包围着我，有两句话蓦然跃上心头：海阔天空，尘虑顿消。我忍不住拿出手机给母亲打了个电话，对她描绘我所站的位置和眼前的风景。母亲听了，似乎也传染了我的好心情，笑着说："那里我也去过的。当时我和你爸爸还在谈恋爱，就在你站的这个地方，我们第一次合影。"是吗？我竟然不知道。于是我追问详情，母亲回忆道，当时父亲提议合影，而家教良好、性格单纯的母亲一听之下，内心颇为犹豫，总觉得一旦合影，好像两人关系就定了下来似的，事关重大，"我思想斗争得很厉害"，母亲说。"后来呢？"我问。呵呵，自然是终于同意合影了。我后来注意到了这张照片，就在菽庄花园的小桥上，背后是园林和小洋楼，照片上的两个人都穿着朴素的衬衣，父亲站着，越发显得个子高高的，一身书卷气，母亲坐在桥栏上，梳着两条小辫子，年轻秀丽，她的目光没有看镜头，而是看向旁边，自然中带着些许闺秀的矜持。就在他们面前——在他们和镜头之间，有大朵大朵的花朵，不知道是不是扶桑花，但即使在黑白照片上仍然能感觉到彼时的春暖花开。

"既见君子，云胡不喜?"照片上的两个人就这样，初恋定终身，从此携手走过了四十余年的风雨人生。

如此说来，鼓浪屿可以算是我父母的定情之地。除了爱情，那时他们眼前的美景大概也对两颗年轻的心彻底的倾斜起了一定的作用吧?

上世纪的中国，做知识分子的妻子实在不容易，且不说生活清苦、身份低贱，单单是无法解决调动导致的长达十五年的两地分居，就误尽了两个人原本属于青春韶华的花朝月夕、相伴相随。所以，父母的媒人、我的大姨曾经反复自问究竟当初有没有做错决定，我不忍心她这样反复"天问"而没有回答，于是在一本送给她的散文集的扉页上，我这样写道："亲爱的大姨，你当初介绍我父母相识，无论别人怎么想，至少我是绝对赞成的，我永远感激你，"同样，无论父母携手相伴对他们来说是否算得上是此生之幸，但对我和妹妹来说，绝对是"赞成"他们当初不无浪漫的选择的，因此，推动这个选择的鼓浪屿对我们也是有大恩的，是我要感谢的所在呢。

天风海涛，树影花香，红瓦雕窗，琴音诗韵，更兼花朝月夜，到处都是携手同行、低声笑语的双双对对。海上仙山哪有这么活泼泼的人间景气？哪似这般可以融入其间去看、贴在心里去爱？鼓浪屿，是亲爱的岛，亲爱的海。

而对我来说，是这些，又不仅仅是这些，还有来自家族和血缘的神秘缘分，让这岛，这海，如此亲近而让我深爱。

连先知穆罕默德都说"既然大山不肯到穆罕默德这里来，那么穆罕默德就到大山那里去吧"，早已成年的我如果再重复幼时"海水啊过来"的呼唤，就不再是天真而成了狂妄，大海不会为任何人"过来"，但我们可以一次一次地"过去"或者"归来"，向这个亲爱的岛，这片亲爱的海。

2013 年 5 月 31 日写毕，6 月 12 日改定

进退思之

第一次听人说到"同里"这个地名，因为是用上海话说，还以为是"洞"里。脑子里凭空跳出《桃花源记》中的描写，以为是要从一个"初极狭，才通人"的山洞里钻过去，豁然开朗，眼前出现一个江南小镇。后来才知道自己完全会错了意。同里四面临水，开阔得很。不过以同里的清幽、清净、清雅而言，它似乎也不逊色于古人安居避秦的地方。

我有个旅行习惯，就是不热衷于寻访未去过的地方，而更喜欢旧地重游。在我看来，不值得重游的地方，只去一次也是浪费，而那些让我难忘的地方，都值得在不同的季节、心境下重游，甚至应该在不同的年龄段、和不同的游伴一再重游，就像我们反复温习一些经典名作一样。同里已经到过三次了。而我想我还会再去的，而且要挑一个雨天，让雨洗尽我身上的尘埃，顺便赶走一些不相宜的人。

第一次进入退思园的时候，我总觉得我们是未经许可闯进了一个人家的私宅后园。在那回廊尽头、花木深处，有隐隐约约的低语声；有一股不知名的香气萦绕左右，仿佛主人刚刚送走了客人，茶烟尚绿，新墨犹香。穿过中庭往里走，谁也没有大声喧哗，连步子也透着小心，因为觉得清幽的园子里，时刻会有一个恍若仙子的丽人分花拂柳而来，嘴里笑道："我来迟了，不曾迎接远客！"

后来一次是陪几位远道的客人去的，都是些积极进取的人，在园子里还谈论国际大事对国内股市的影响，让我为退思园暗暗叫屈。任你是什么人，有天大的财势，到了这样的地方，不说尘念顿消，也该把浊气压一压才对。古人曾列举"花间喝道、焚琴煮鹤"等大煞风景事，看来应该加上"名园中谈股票"这一条。

人说同里像幅水墨画，那么退思园就是其中最美妙的一部分，有了它，整个同里就显得虚实相间、浓淡分明，持盈守拙而富有风雅之致。退思园的好处是三言两语说不出的，也说不清，不仅因为它亭、台、楼、阁、坊、桥、榭、厅、堂、房、轩一应俱全，又暗含春夏秋冬四景、琴棋书画四趣，而且因为其中的匠心、经营确实是需要悉心体会、反复回味的。只说园中的"菰雨生凉"轩吧，贴水而筑，中间放一张湘妃榻，单是夏日在此摆上瓜果席，清风徐来，暑热全消，宠辱皆忘，不已经是神仙似的？主人还嫌不够别出心裁，在湘妃榻后面置一当年从异国觅来的大镜，置身榻上，对水而卧则水在眼前，背水而卧，而碧波已在镜中，轩如立于水中，人如卧在水上。醉后风起，该会觉得整个人像荷花一样浮在了水上吧。如此绝妙的构思，亏他从何处想来！

说心里话，我是不希望越来越多的人都知道同里，都去同里的。因为我怕人一多搅了那里的静谧安宁，妨了那里的古风朴趣。一旦水中人影多过鱼影，排着队过小桥，再好的地方还有什么趣。我甚至希望谁都不知道它，去过的人谁也不说它，就让它成为三五知己间的一点窃喜、一个秘密。可是人间正道是沧桑，市场经济罡风所至，处处概莫能外，供人逃避的桃花源本就是虚构的。况且每个地方、每个园子都有自己的命运，不是人可以虑及、左右的。同里的好处，还是趁现在，说了吧，不必存什么傻念头，因为同里自己都开始大张旗鼓地办"旅游节"，天生丽质难自弃，盛名远播、游客如云只是时间的问题了。眼前的得失自有同里人决断，长远的忧喜，有心人自可"退"到一边静静"思"之。

清泉润彻心灵

也是机缘凑巧，刚刚知道有座明月山，就真的到了明月山。到了明月山也还是不明白：哪里没有明月？为什么这山独独占了这么美妙的名字？

当地的人解释说，过去没有植被，山上岩石中多含有云母，晚上发亮如月光，所以改了这个名字。史书记载："山上有石，夜如月光。"唐代诗僧齐己也有诗为证："山称明月好，月照遍山明。要上诸峰去，无妨夜半行。"由不得闭上眼睛，想象一整座山在月光下晶莹剔透、熠熠生辉的模样。

到了明月山，印象最深的却不是山，而是水。山下的小镇叫作温汤镇，遍地温泉，可浴可饮。晚上住在宾馆，用温泉水沏了茶，舒舒服服地喝了几道，夜深后人声静定，又听见水声潺潺，清亮亮的煞是好听，但不知从哪里传来。天亮后循声找去，原来是一带清溪对面流过，难怪满枕溪声，带来一夜好眠。

暗想：这里的人有福，因为水和人亲近。

水对人的作用，从来不仅仅限于止渴和养生。水对人的心灵也很有好处。

我惊讶地得知，妇孺皆知、脍炙人口的一些成语和词语的源头居然是在这里，比如："灵感""水到渠成""心心相印""如人饮水，冷暖自知"，都是出自当年在此修行的高僧之口。水给他们带来的启迪，水对人的心灵的作用，清清楚楚地留在了历史上，留在了我们的日常生活里。

直到知道这里的栖隐禅寺是禅宗五宗之一"沩仰宗"的祖庭，我才恍然刚才的吃惊有多么可笑。沩仰宗的开山始祖是五代时期的慧寂禅师。这位慧寂端的是不寻常，当他行脚来到这里，参谒灵祐禅师，灵祐问他是有主沙弥还是无主沙弥，他答："有主。"问主在哪里。他从法堂的西边走到东边，意思是：自己就是主。灵祐大惊。

读到这段公案的时候，我心里起了微微的震动：在佛家看来，这也许是"一念如悟，众生是佛"的灵性表现，而对我们在动荡红尘中的芸芸众生，难道不是一种生活态度、处世哲学的启示？

明月山下，慧寂给我这个俗人上的第一课是：要有主。自己就是主。

关于慧寂还有一个故事。当时，灵祐觉得慧寂是个大法器，为了锤炼他，便安排他去放牛。对慧寂来说，何事不是修行？放牛就放牛。有一天，慧寂在山前草坪上放牛，见一个行脚僧沿着进山的路前往同庆寺去。可是，没过多久，那行脚僧又沿着原路回来了。慧寂觉得奇怪，便问道："上座刚进同庆寺，为什么不小住几日，竟就要走？"那行脚僧说："我跟大和尚机缘不契合，不得不即时离开。"慧寂忙问："什么机缘不契合呢？"那僧人说："我进法堂参拜大和尚。大和尚问我叫什么名字，我说叫归真。大和尚就问我，你归真在哪里？我回答不上来，大和尚就喝令我出来了。"

慧寂听罢，笑着说："我告诉你，你再上山去参拜，就说，刚才大和尚的提问，我已经想出答案了。要是大和尚问你答案是什么，你就说'归真在我眼里耳里鼻里'。"

那行脚僧果然再次来到寺里参拜。灵祐禅师见他去而复来，便阖着眼皮问："你又回来干什么？"

那僧说："刚才大和尚的问题，我已经想出答案了，我归真在自己的眼里耳里鼻子里。"

灵祐一听，睁开了眼，惊异地打量了一下眼前的行脚僧，接着又摇了摇头，笑着说："哈哈，你这家伙还会弄虚作假！这可是足以教化五百个僧人的高手才说得出来的话，岂是你想得出来的？"

那僧只好承认是山下放牛的僧人教他说的。灵祐便来到山下的放牛场，叫过慧寂来问："这牛群里有菩萨吗？"

慧寂不假思索地回答说："当然有。"

灵祐追问："那么，你说哪一头是菩萨呢，不妨指给我看看。"

慧寂回答说："大和尚何不先说说哪头不是菩萨呢?"

灵祐就拍着他的肩膀笑了。

这是慧寂在明月山下给我上的第二课：随遇而安，但不改变自己的本色，不停止对智慧的追求。

最精彩的是第三课。

有这样一则公案：一天，灵祐指田问慧寂："这丘田那头高，这头低。"慧寂说："却是这头高，那头低。"灵祐说："你若不信，向中间立，看两头。"慧寂说："不必立中间，亦莫住两头。"灵祐说："若如是，著水看，水能平物。"慧寂："水亦无定，但高处高平，低处低平。"

千年之后，犹让人拍案叫绝。

慧寂能在高低分别之相中见出平等法来，自然是到了禅宗"是法平等，无有高下"的境界；但这则公案对我这个俗人的启示则是：人要像水，无论身在何处，身处什么地位，都要"高处高平，低处低平"——始终保持自己的平衡、平和、平常心。

好一个"高处高平，低处低平"。一瞬间，有一泓泉水灌注我顶我身我心，温热的，清澈的。

明月恒久在天，清泉润彻心田。智慧，便是那长圆
的明月，那不竭的清泉。

2013 年 11 月写于江西宜春明月山

花山隐居一宿禅

苏州美，如一阕如梦令。喜欢苏州，去得多了，就以为自己对苏州很熟悉了。这次听人说花山。花山在哪里？不但没去过，也没听说过——方知过去自以为是了。

到了花山，才知道什么叫别有洞天。姑苏城中的美是将现世的讲究经营到极致，这里却是骤然和红尘拉开了距离——山是野的，石是奇的，林是幽的，水是碧的，氛围是静的。一切都是自然的，了无心机。猛抬头，发现连空气都像明前碧螺春那样，碧绿生青。正暗想：这种地方适合隐居，忽见山石上刻着：落帽石。这说的是古人到这里放下官帽，从此弃官隐居。不禁莞尔。

山不在高，有仙则灵。花山是名僧参禅、高人隐居之山。东晋"般若六大家"之一的支遁在此面壁三年，参悟禅机。南宋张廷杰归隐山林，在此营造别业，闲来垂钓。明末"吴下三高士"赵宦光、朱白民、王在公在此雅集，悠游清谈，品题山水，邀清风朗月共醉。

一个"禅"字，一个"隐"字，这是多么深厚的历史底蕴，何等风雅的文化底色。

第一次到花山，觉得花山有三奇：第一是，花山的摩崖石刻，三百余处名人手迹，真是琳琅满目、异彩纷呈。第二是，翠岩寺遗址，这座宋代古寺，和圆明园一样，"能烧的都烧了，就剩下石头了"，那些残骸般的石柱令人震撼，远比修复得焕然一新要好得多。第三是，"五十三参"，就是在整块山石上凿出来的五十三级石阶，据说是为了迎接皇帝临幸，僧人们一夜之间凿成的，不论真伪，这五十三级石阶像是从大山里面长出来的，端的是大气磅礴，元气浑然！和它相比，所有用石条砌上去的石阶，再平整再精巧，都黯然失色。

此山还有一个奇处，就是一山二名，东面被称为花山，西面被称为天池山——想必是因为山腰中有一汪泉水名唤天池。"一座山就一座山，怎么用两个名字？"见我还是有点不接受，同行的苏州朋友说："就像苏州的双面绣嘛！"这个妙喻，令我恍然大悟，而且抚掌称快，姑苏真是人杰地灵啊。

没想到这次的住处才是最大惊喜。小小一处山间客舍，叫作"花山隐居"。好个清净的所在！院落无尘，园子清幽，客房内是极简风格，一色儿的天然本色：木、竹、麻、布、瓷，更兼竹帘低垂，山光柔映，清芬细透，满室的宁静清雅。

更令人惊奇的是，房间里没有电话、电视，更不用说网络了。现在的人，早就失去了"独自"的空间，即使一个人在宾馆房间里，各种海量信息还是通过电视、电话、网络，无孔不入地渗入你紧闭的门窗，全世界的天灾、人祸、奇闻、巨变……随时闯进你的私人空间和私人时间，让你日夜不得安宁。隔绝了铺天盖地的信息喧扰，这才能真正地"独自"一回，得一个清净。"独自"够了，楼下有茶室、禅室，可以去品一盏香茗，翻几册闲书，写几行小楷，也可以听禅师说禅，抄一段经文，打一套太极，练几式瑜伽……

现在的人都太忙了，浑忘"忙"字写来即一个"心"加一个"亡"，可知"忙"则"心亡"——心窍堵塞、情致荒芜、性灵窒息。如何避免"心亡"？逃离尘俗、远离喧嚣、脱离机心。目不杂视，耳不杂听，心不杂念。静则安，安则定，定则空，空则明。清净通透，与世无争，性灵涵养，怡然自适。

"时事方扰扰，幽赏独悠悠"，韦应物的这句诗，真正道出了花山的好处。花山隐居，像一个密码，更像一声召唤。花山正好，何不归来？山中花开，可缓缓归矣。追慕古人，卜筑于清净之地，仿效前贤，隐居于山水之间，是真风雅，也是大奢侈，今天的多数人只能止于想象。那么，暂息尘心，小住几日，岂不大妙？

入得花山，不必苦修，处处都是悟境；不劳寻觅，时时都是相遇：与山水相遇，与静谧相遇，与古人相遇，与自己相遇——一个本真、宁静、愉悦、通透的自己。

面对湖水，静静生活

在江河湖海之中，我最喜欢湖。为什么也说不清，似乎天生和湖投合。海固然也是好的，但是海对我来说太大了，我对它的爱里带着崇拜。而湖是温润的，可以像一方玉佩，用目光、用思念日夜摩挲，将它盘出属于你的一份柔光来。

我爱湖，爱到了自作多情、不可救药的地步。许多湖，明明是第一次见，却如同宝玉和黛玉见面，一下子就觉得是早就见过的，是重逢。真到了重逢的时候，我就会满心欢喜地对那湖说："我回来了。"杭州有西湖、南京有玄武湖，每次离开之前，总要争取到湖边绕一下，贪婪地再看两眼湖，然后依依而去。每次离开的时候，我都确认：我已经看够了湖。但是很快，我就开始想念，觉得还是没有看够，于是开始盼望下一次重逢。是有点痴傻的，但是没办法改。

爱到一定程度，总是有点痴，不光是对人，对自然的山川湖泊也是啊。

江南的湖特别美，别处很难和它抗衡，因为有江南的人文历史作它的画框。我最喜欢的散文家张岱也极爱湖，他品评说：西湖如名妓，人人可以亲近她；鉴湖像大家闺秀，可以钦佩而不能对她放肆；湘湖像处子，单薄羞涩，还是未出嫁时的容颜。

仅仅点评还罢了，偏偏他还兴味十足地描写风土人情："溶溶蒙蒙，时带雨意，长芦高柳，能与湖为浅深。湖多精舫，美人航之，载书画茶酒，与客期于烟雨楼。客至，则载之去，舣舟于烟波缥缈。态度幽闲，茗炉相对，意之所安，经旬不返。"这是嘉兴鸳泽湖。

张岱笔下还有月下的奇遇："岸上有女郎，命童子致意云：'相公船肯载我女郎至一桥否？'余许之。女郎欣然下，轻绮淡弱，婉嫕可人。章侯被酒挑之曰：'女郎侠如张一妹，能同虬髯客饮否？'女郎欣然就饮。移舟至一桥，漏二下矣，竟倾家酿而去。问其住处，笑而不答。章侯欲蹑之，见其过岳王坟，不能追也。"这是在西湖。就不用说那著名的《湖心亭看雪》，所写的纯白世界，一派空寂，自然是一般人很少见到的西湖了。

然而，真正勾了我的魂魄的却是这一段："高槐深竹，樾暗千层，坐对兰荡，一泓漾之，水木明瑟，鱼鸟藻荇，类若乘空。余读书其中，扑面临头，受用一绿，幽窗开卷，字俱碧鲜。"（《天镜园》）人生至此，还有什么不满足，还求什么呢？

也许就是读了这一段文字，我才有了第一个真正意义上的理想：找到那样一个湖，那样一个所在，静静地读书，静静地生活。

有个朋友听了说：那不是隐居吗？

也许就是隐居吧。那么美好，那么安静，那么让人心满意足，隐之唯恐不及，居之唯恐不成呢。

两晋文学家、书法家张翰，创造了一个优美风雅的典故——"莼鲈之思"。这位"有清才，善属文而纵任不拘"的才子，觉得前途凶险，便以"见秋风起，乃思吴中菰菜、莼羹、鲈鱼脍"为由辞官而归。虽是借口，但谁能否认，在千里之外做官的张翰，对故乡风物和渺渺烟波的思念，本身是无比真实的？他的心里一定经常浮起这样的念头，所以才能信手拈来作绝妙的借口。

有一次，去游苏州附近的一个湖。湖不大，在太湖这方大大的碧玉旁边只算得上一枚小小的白玉。但空气清新，花木茂盛，楼榭俨然。最难得的是这里还保留了一份野旷天低、萧然出尘的韵味，在那里住了一晚，朦胧之中，似乎听见有人在低声吟诵着什么，披衣起看，四下无人，也无船，只见波光粼粼，好风如梦，清景无限。一瞬间，那个名叫隐居的梦想就在眼前，似乎伸手可及。

岂有四季盛开的花呢？热闹总是短的。花开之后，就面对湖水，静静生活吧。

独立花吹雪

"您赏过樱花了吗？"

"樱花真美呀！"

街头巷尾，处处可以听见这样的话声。多少年来，日本人一成不变地爱恋着樱花，老年人也总像第一次看见这种花似的，惊喜地发出赞叹。

我读的东京外国语大学附近有个"染井墓园"，芥川龙之介的墓地也在其中，在东京小有名气。这儿是日本最有代表性、种植最广的樱花名种"染井吉野"的发祥地。园中遍植樱花，漫步小径，抬头便是云霞，低头又是落雪，叫人恍若掉进一个半透明的、粉色的梦幻之中。

禁不住风花雪月的旧病复发，我一得空便在樱花下流连。遇上几个人，都用那么善解人意的眼光看我。有个须发皆白的老者，拄杖立定，和我一样抬起头，然后说："真美啊！是不是？"说完径自走了。望着他蹒跚的步态，我心里竟冒出这样一句诗：年年岁岁花相似，岁岁年年人不同。

樱花开始飘谢了。在寂静的小径上，轻轻地，叹息似的飘落。那一声声叹息，该是从千百年前一个明艳绝伦的少女微启的樱唇中滑出的吧。一阵风过，枝上的樱花猛地一片疾雪，簌簌而下，地上的花瓣也被卷起，重新在空中飞舞，顿时天地间一片迷茫、凄丽。叫人且喜且叹，等到风住也不知如何举步。

这景象在日文中叫"花吹雪"，意思是"花的风雪"。我觉得很美，颇耐咀嚼品味，不亚于"粉泪""花雨"等中国的字眼儿。

樱花啊，樱花，你这娇柔明艳又脆弱易凋的花呀！你能否告诉我，究竟是你的美使人格外惋惜你的短暂，还是你的短暂格外衬托出你的美，叫人更加怜惜、不忍辜负呢？

回答我的，只是一阵又一阵的花吹雪。

不过两天工夫，枝上已是嫩绿的世界了。只剩下暗红色的花萼在向路人低诉，这儿曾经上演过多么优美迷人的一幕。赏樱结束了吗？不。请低下头——在你面前是一片粉色的地毯，花儿们在向你做最后的谢幕呢。环顾四周，不少茶花正在开放。茶花的花期怕是有好几个星期，开过了也不轻易谢，就在枝头渐渐地褪去红颜，泛出锈色，与新蕾高下相映，有些不谐调。

我们习惯于将"长久""永恒"当成好的、崇高的，将短暂的叫作"昙花一现""一闪即逝"，总有些轻视在其中。其实，短暂的美就不是真正的美吗？樱花，将一生的美丽与柔情，拼作一时的绚烂夺目，然后毫不迟疑地飘然离去，叫人留恋于一瞬，回味良久。甚至，正因为它谢得快而干脆，反而平添了几分空灵、飘逸的风韵。降临尘凡的仙子，不都是惊鸿一瞥、翩然而去的吗？

樱花下是墓地，容易使人起生死无常、人生苦短之类的联想。尤其像我这样，读了几本破书在肚子里、又不曾真正悟道的人，很自然地想到"人生的终极意义"

"文章千古事"等愁不完的命题。看完樱花从盛开到凋尽的一幕，我忽然有了一点感触：人哪，何必自恃万灵之长而自苦不已呢？像这樱花一样，当开时开，当谢时谢，能灿烂时灿烂，该寂寞时寂寞，何其超然、何其潇洒。有许多"永恒""千古"的事，不是我等草芥般的人担当得起的，今生今世，但求不错过自己的花期，于愿足矣。

此心安处是故乡。心安理得地过完自己的日子，便可以和樱花一样坦然地回到大自然的怀中了。

想到这儿，长舒一口气。挟好书，自向来时的路走去。身畔樱花树上却又传来一声清脆的鸟啼。

风吹见富士

来日本快两年了。方便、舒适的生活，又没有什么人际摩擦、是非纠葛，无形中少了许多纷扰。光阴的齿轮也因此转动得特别轻快、润滑。

外表虽然平静，心却总在一个空旷、凄冷的空间飘飘浮浮。曾经有过的、充溢全身心的幸福感，从我的生活中销声匿迹了。我不知道这是因为年龄，还是因为独在异乡为异客。

幸福的时刻，如果要说有，那便是在箱根，在空中凝望富士山的一瞬。

久慕箱根美名，看照片、画册也端的是名山秀水，如歌如画。深秋的季节，抽了空，与两个朋友捧着一叠游览图、说明书，兴致勃勃地去了箱根。一路上，我们判定：有三个项目非进行不可——到"雕刻之森"室外美术馆，在芦之湖上乘海盗船，乘缆车空中眺望富士山。

到达的当天，我们在"雕刻之森"中像梦游般东游西荡，一抬头一回眸，处处是自然风景与现代雕塑的绝妙组合。我这个门外客自顾自看得心醉，甚至想：若是有个研究美术的专家在旁边喋喋不休地讲解，我会用透明胶布把他的嘴封上的。在真正的美面前，不需要理论，只需要感悟，如果我的感动源于无知，那么就让我无知下去吧。

早早回了旅馆，在烛光下吃了一顿很贵族的"法国料理"。房间很好，临窗一望，便是芦之湖的淼淼秋波。一向爱湖的我，更是久久伫立，不忍早睡。

第二天早上，我被风声惊醒。那风势之厉，令我心中一紧。往外一看，阴云密布，湖山失色，一片肃杀。服务生告诉我们：这种天气，湖上可能不能开船。急急赶到码头，果然告示牌高挂，上书：因恶劣天气，今日停航。狂风一阵紧似一阵地刮着，冷得我们瑟瑟发抖。

昨天的小阳春天气，像个短暂的梦！别了，芦之湖！看来是无缘细看你的真容了。

只好进行第三个项目。从早云山到桃源台，乘空中缆车，是饱览大涌谷、富士山的绝佳路线。我们搭登山小火车往早云山上去，刚到半山腰，又看见一处告示：因恶劣天气，缆车停开。什么？这下我可沉不住气了，三个项目泡汤两个，这叫什么旅游？好不容易来一次，偏赶上这鬼天气！

一泄气，顿觉又冷又饿。匆匆钻进一家饭馆，一边吃烤鱼，一边看天色，心中一片愁云惨雾。吃完饭，心想：难道就这么打道回府？朋友说："继续上山吧！沿途看看风景，说不定到了山顶，天就好了，缆车能开了呢！"我苦笑着说："你是不撞南墙不回头。"他反驳说："应该叫'不到黄河心不死。'"

"南墙"也好，"黄河"也罢，我们继续往上走。风渐渐住了，林中又有了闪烁的阳光，这时是下午二时左右。等我们到了山顶，正看见穿制服的乘务员在取下告示牌——缆车要开了！我们惊喜得一下子欢呼起来。因为游客很少，我们第二批就上了缆车。

当缆车开始滑行时，一种新鲜的兴奋笼罩了全身。脚下丛林叠翠，嶙峋山石间"烽烟四起"——那是温泉的热气。这么大的温泉区，就差嗅到硫磺味了。

忽想起，猛抬头——啊！这不是富士山吗？一看那特别的造型，便知道她是，但又比照片中、画中的更美，更震撼人心。那色彩，真是难以描画。碧蓝澄静的天穹下，无比纯洁、幽雅的银色，细看时又不仅仅是银的，又带着浅灰、浅紫，还隐隐反射着淡青的天光。在千百年人们的赞美中，她依旧那么卓尔不群、典雅庄重，而又仪态万方。

在那一刹那，我感到了一种甜蜜的忧伤和迷惘的满足。秋阳在我身上，我在群山之上，眼前是这样一个隽美的梦境——她已存在了千年，而我还年轻。没有悲伤，没有憧憬，没有过去，更没有未来，只有这一刻，我与山相对凝望……一切完美无缺。

如果我是个画家，也许会苦苦而徒劳地想把那微妙的光与色捕捉住。而今，我只拥有单纯的感动。

后来才知道，正因为那天大风吹了半天，吹尽了云，才能那么清晰地看见富士山。这么说，有时，一些看似应该诅咒的遭遇，其实也包含了上苍的一番美意。

我深深感谢上苍。在赐我那幸福的一瞬的同时，还给了我一个美妙的启示。

另一种东方情调

很早以前，看日本电影，对那灿若云霞的和服留下很深的印象。心想：怕是再平凡的女性穿上也会有一番风情吧。很盼望来日本后能穿上过一过瘾。

到了之后才发现情况与想象的不大一样。首先，和服在日本日常生活中几近绝迹。中年以上的女性大多有一至几件和服，但一般只在红白喜事、盛大节日时穿，平时不穿；青年女性自己买和服的较少，除了成人式、婚礼、毕业典礼等场合，平时也基本不穿；男性更少穿，据说由于医院、疗养院等处都穿便装和服，所以穿和服往往要被人问："怎么了，身体欠安?"这样一来，和服成了需要理由的衣服。

其次，和服之昂贵，到了令人瞠目结舌的地步。一件上好和服，比一辆新的奔驰轿车都贵，一般过得去的也都在二三十万日元左右，根本不是我等穷学生所能问津的。由于昂贵，相对于和服店的冷清，出租和服的店却生意兴隆。成人式、婚礼、毕业典礼等都有人租而不买——租一天也相当贵呢。

去年，在町田代课教中文时，学生们（家庭主妇）问我为什么不穿旗袍，又问："喜欢和服吗？""喜欢啊！要是发财了就买一件。"我说。她们都笑了。一星期后，当我再次走进教室，她们又笑又嚷地："老师，看，看！"只见年纪最大的一位打开一个大箱子，我顿时惊呆了——里面居然是一袭艳光四射的和服！她说："我带来了！"真难为她怎么带来的。又打开一个布包，里面是配套的木屐、衬衣和同样美丽的腰带。这是这位老太太的儿媳结婚时的嫁衣，价值近二百万日元。嫩绿的底色，织着金、粉、黄、藕、白，各色祥云、仙鹤、松、竹、梅……说不出的高贵华美，却又绝不俗艳，显得典雅、柔和，真是太美了！

她们用不太标准的中文说："穿了，拍照，作纪念！"我惊喜地点点头，于是，三个老太太围着我忙开了。先穿上衬衣（像古装戏中白衣书生），再套上和服，又拉又掖又扯，扎上无数带子，勒得我喘不过气，她们说："再忍一会儿啊！"再扎上正式腰带，在背后打出一个漂亮的"千枚羽根"结……我索性把自己整个交给她们，像木偶一样听任摆布。忙了半小时，总算"完工"了。她们审视了一会儿，一齐爆发出夸张的叫声："哎哟，太漂亮了！"

我踩着木屐"战战兢兢"地走到镜子前，一看，哟！真有灰姑娘变公主之感。一向自认少女人味，第一次发现自己也可以显得如此婉约、端庄，十足的东方情调。咔嚓、咔嚓，拍了十来张照片，灰姑娘的舞会结束了，留下对和服更美好的印象。

同是东方古典情调，和服与旗袍却大不相同。旗袍讲究合身，熨熨帖帖地勾勒出女性线条；和服却没有肥瘦尺寸，只需要把人裹进去，调节长度即可，而且绝对不显示曲线——胸部丰满的人甚至要在腰际垫上毛巾以求平坦，真是匪夷所思。一个外国朋友对我说："上到脖子，下到脚踝，什么也看不见，可是比什么衣服都性感。"也算一家之言。确实，同样衬托女性的端庄、秀雅，旗袍有一份明朗、爽快，和服却更含蓄、内敛，显得温婉、娇弱，甚至有一丝神秘。

今年初夏，我也有了一件夏天穿的和服便装。布的，蓝色底子，淡绿、粉色叶片，远看像彩蝶成阵，配一根杏黄腰带，打一个简单的蝶结，十分乡土，又颇有夏日风情。一个人在家照着书练了一番穿法，准备在暑假诸多节日里好好穿几次。可一想到下摆紧裹着腿，穿着木屐，不得不低头弯腰、纤纤细步时，不禁又庆幸不用天天穿和服了。

有所思，所思在长安

灞柳凄迷

说起来似乎有些不可思议，直到现在，我才第一次到西安，不过第一次有第一次的好处，那就是第一次特有的新鲜感。出咸阳机场到西安的途中，经过渭河，我惊问："就是泾渭分明的那条渭河吗？"司机笑着说是。我又问："泾河在附近吗？"司机说在北面几十公里吧。第一个反应就是：居然是真的！泾渭分明，这个听惯用熟了的成语，居然在我面前还原成真实的、活生生的河！还有"渭城朝雨浥轻尘"的渭城，也是在渭河北边，就是这附近啊。

我知道司机觉得我有些大惊小怪，可是"司空见惯浑闲事，断尽江东刺史肠"，许多景致许多事，当地人对它们的美早已有了免疫力，而对于异地他乡的来客，尤其是第一次接触的人，却是有着难以抵御的吸引力和冲击力的。

我兴奋地意识到，我走入的这片土地，真的是许多成语、典故和传说的源头。果然，在此后我眼睛看到的，耳朵听到的，在地图上发现的，都是那些在历史书上大名鼎鼎、在古诗词中反复咏叹的名字：长安，骊山、马嵬镇、辋川、蓝田、终南山，还有——灞桥。

灞桥。一听到这个名字，就像一只灵活的手，在我身体里的一张琴上一挥，拨响了许多琴弦，余音袅袅，久久不息。

在车子经过灞河的时候，我睁大了眼睛，唯恐错过了什么。然而，只有河水在静静流淌，有几株柳树，此外一片荒凉。据说，被水淹没了的古桥墩，在枯水季节还能看见。千年灞桥之所以依然湮没，是因为资金问题无法解决？看来，关中八景之一的"灞柳风雪"只能在纸上飘舞，今人也无从体会作为离别伤怀的同义词的"灞桥折柳"。

可是这儿依然是灞桥，是任何一条其他的河、任何一座其他的桥无法代替的。因为，我早就知道，唐代习俗，人们由长安远行时，亲友相送，西面送到渭城，东面则送到灞桥，然后折柳相送，依依惜别。"别时容易见时难"，离别总是令人黯然神伤的，因而此桥又得名"销魂桥"。李商隐当年考中进士后离开长安时，就写下了《及第东归次灞上却寄同年》，诗中有："灞陵柳色无离恨，莫枉长条赠所思。"灞陵是汉文帝的陵墓，在离灞桥不远的塬上。李白也有一首《灞陵行送别》，第一句是："送君灞陵亭，灞水流浩浩。"

然而，使灞桥在我心中如此不可代替的，不是因为这些习俗，也不是因为那么多的诗及背后的故事，而仅仅因为一首词，堪称千古绝唱、词中巅峰的一首词。它就是《忆秦娥·箫声咽》：

箫声咽，秦娥梦断秦楼月。秦楼月，年年柳色，灞陵伤别。

乐游原上清秋节，咸阳古道音尘绝。音尘绝，西风残照，汉家陵阙。

许多词牌本身仅仅是格律符号而没有意义，或者曾有意义但后来和内容互相脱离，但这首词的词牌和内容却结合得天衣无缝，证明在词的发展初期，词牌是有着和内容相关联的意义的。

此词中的秦娥，应指秦穆公之女弄玉，就是和丈夫萧史吹箫引凤的那一位，但在这儿显然语带双关，陕西古称秦地，"秦娥"可以理解作秦地的姑娘。

这首被誉为"百代词曲之祖""关尽千古登临之口"的词，摆脱了单纯的离别伤感，赋予了灞桥多么悲凉的色彩，多么深沉的时空意境和多么空阔的沧桑联想！正是这四十六个汉字给了灞桥灵魂。

这样的一首词，它的作者却至今不明。有人说是李白，大概是因为它实在太精彩了，除了李白这样的天才，很难想象还有什么人能够写出来。可是以这首词在形式和艺术上的成熟和悲凉意境而言，都不像是生活在盛唐时期、性格疏放的李白创作的。因为以李白的才气完全有可能写出这样的作品，进而认为这样的作品一定是出于他之手，这样的推断，逻辑上显然有极大的漏洞——反命题不成立，因而不可信。

我凭直觉相信另一种说法，那就是：这是位无名词人所写的。词意也不是怀远或者思乡，而是在唐朝衰落或者灭亡的时候，面对故国残破、宫阙荒废，感到一切都像云烟一样逝去，为不可挽回的王朝气象、繁华和梦想而写下的一曲挽歌。为什么一定要在成名的诗人中寻找作者、费尽心机呢？不是一位以此为业的"专业作家"，就不能出乎真心真性，抒写一个时代巨变时的生命个体的心灵创痛和人生感受吗？也许他本无意写词，只是情郁于中"忍无可忍"，把一生的经历和感慨化作了这样一首词！如此厚积薄发，怎能不造成超强的艺术感染力，获得后人的强烈共鸣？

一千多年前的那位词人啊，不管你是旧时王谢还是一介草民，不管你拥有什么样的姓氏，我在灞河边为你再次击节，为你大声赞叹，向你顶礼膜拜！

听说不少人都在呼吁重修灞桥，可是我对此却是漠然。不是不想领略昔日情怀，而是不相信一切可以复现。这当然不仅仅因为今日的灞桥已经不复送别之处，而是时过境迁，世风、人情今非昔比，灞柳风雪的神韵已注定不可追寻。一座新桥，再栽上一些柳树，不过是又一处假古董，或者一个新建的公园，能唤起多少美感和想象？失去的就是失去了，与其用拙劣的仿冒来破坏想象中的美，不如真诚地追忆和怀想。美和境界都是人力不可强致的。劳师动众地复现不可复现的东西，不如就在原地立一块碑，刻上"灞桥遗址"，背面就刻上这首《忆秦娥》。且容来此凭吊的人各有所忆、各怀所思，让那千年"灞柳风雪"在心里飞扬，凄美动人。

双雁依依

去小雁塔那天，其实心情不太好。一来连续下了两天的雨；二来先到了全国书展，原以为能好好买一些书，结果人山人海，灰天灰地，空气浑浊极了，哪里容你消消停停地看书选书？甚至有人晕倒了，广播里正在寻其亲属。立即想"全身而退"，不如到别处去逛逛？偏又天气不好，绵雨初歇，天色像余怒未消，随时有可能再发作。实在不是一个出游的好天气。

于是就近去了小雁塔。

没有想到，却是好一个清幽的所在！地方不大，雨后到处湿湿的，四下无人，纤尘不到，叶青苔滑，秋意森森，是适度的冷清。到西安后好像呼吸还没有这么顺畅过，和刚才的喧闹混乱相比，这里简直是仙境一般。

塔很秀气，密檐式的，适合远看，不适合登临眺望。塔顶塌了两层，塔尖就不是一个尖，而成了两个略带圆弧状的"驼峰"。独自绕着塔走了一圈，又在正对着塔的石凳上坐下，静静地看塔，心湖无波，既不知道刚才为什么烦躁，也不知道接下来会到哪里、做什么去。女亦无所思，女亦无所忆，整个人是那么一种彻底的静。

临走又看了有关塔的历史介绍，才知道这塔在明代的一次大地震中被震裂，整个塔从上到下裂成两半。但是没有倒下来，也没有当即修复。后来又一次大地震，居然把裂开的两半塔震合，恢复如初了！这是史书上明明白白地记载着的，不是什么民间传说，而且这两次地震相隔二十几年。连当时的史官都忍不住发出惊叹，说是如有神明。我现在面对的就是这么一座塔，它的残缺其实是一种证明，证明它确实是一座真实的人间的塔，而不是幻景，于是让你对它的经历大为震撼！这塔真是不同寻常，不要人泛泛的赞美，它要你由衷地折服。不能不折服——一震而裂，裂而不颓，再震而合，若无其事。这不是神迹又是什么？上苍选择了小雁塔一显身手，是想告诉我们什么呢？这里面一定有一个巨大的奥秘，而无人能解，塔默默地等着，而时光已流了千年。

大雁塔自然不可不去，而且因为到了小雁塔，对大雁塔的兴趣更增了几分。大雁塔在大慈恩寺内，"慈恩"二字，一听就和母亲有关，果然，是唐高宗做太子时为其母文德皇后追荐冥福而修建的。大雁塔就在寺内，是玄奘法师从印度取经归来，为珍藏经典而建的。塔有七层，高六十四米，几经战乱而完好无损，巍然屹立。

这天雨过天晴，阳光晶亮，天高云淡，一扫阴郁尘埃，令人心胸一纾。大雁塔在蓝天的衬托下，造型方正，线条硬朗，仪态端方，真有不怒而威的气度，白云掠过，一瞬间似又有难以言说的悲悯。

大雁塔是楼阁式佛塔，有盘梯可登，四面有门，可远眺长安风貌及历代古迹。可是不等登临，你就发现自己来到了一个宝库。塔底层四面各开一门，有青石门楣、门框，上面刻着精美的线刻佛像，尤以西门楣上的"阿弥陀佛说法图"画面华美，是难得的历史资料。南门两侧的砖龛内，嵌有唐太宗所作的《圣教序》和唐高宗所作的《圣教序记》，两碑均为褚遂良手书，是书法史上的瑰宝。门内两侧壁上，则是明清两代西安地方中试举人的题名碑。这是唐代开始的习俗，当时新进士登第后，要曲江聚会宴饮、慈恩塔下题名，白居易考中进士后就写下"慈恩塔下题名处，十七人中最少年"之句，真是春风得意。

塔内还有全国佛塔图片展，其中有我熟悉的福建泉州的开元寺双塔，弘一法师曾驻锡于开元寺；还有独一无二的山西应县木塔，那座圆润、古朴，在一片开阔中显得孤绝的辽代木塔，我和我的好朋友曾在那里领略了"野旷天低树"的景色……

早就觉得要看塔还是在塔下看，一近塔则不知全塔，一进塔身更是无塔了。到得塔顶草草望了一望，便下来了。到树下露天茶座要了杯八宝茶，透过枝叶又对着塔反复端详。忽然想起《高阳公主》这部小说。这里既是玄奘主持译经的地方，那么辩机和尚当年也在这里吧。就是那个冒天下之大不韪，既违佛规又犯君威和高阳公主"有私"，后来被太宗降旨腰斩的年轻人。在赵玫的笔下，那是多么不可理喻又多么浓烈痴迷的孽缘啊。历史上的辩机到底是怎样的一个人我不知道，但在深深寺院之中，应该是有过这样的人吧，文雅、博学、纯真，在人欲和信仰、爱情和使命之间苦苦挣扎，从未得到幸福和宁静的人。至于他是不是叫辩机，并不是最重要的。

转念想起眼前的塔建于唐永徽三年——公元 652 年，而我这个晚生了一千三百多年的人居然有缘得见，实在不是一件容易的事。在这一千三百年间，多少人来到人间又离去，多少传奇灿烂上演又落幕，多少人名垂青史多少人声名狼藉，多少人生死相许多少人灰情灭欲？人生到处，雪泥鸿爪，人从塔下过，实在和云从塔上飘一样偶然。今生忽忽，不知下次几时再见，或者竟是——此生还能不能再见？心里又升起了和美景奇物相逢时常有的怅然：为什么就带不走呢？不论你多么喜爱多么感动，你不能拥有它，也不能带走，真如："天上一夜好月，与得火候一杯好茶。只可供一刻受用，其实珍惜不尽也。桓子野见山水佳处，辄呼'奈何！奈何！'真有无可奈何者，口说不出。"（张岱《陶庵梦忆》）

　　人生能真正留给自己的，除了刻在心上的记忆，此外岂有别的什么？那些别人想灌输给我们的，自己为了生存努力记住的，其实与我们生命的芯子都是水过荷盖，全不留痕。而那些"珍惜不尽"的，不用临去依依，已在我们的生命中。

沉香消歇

为什么不提兴庆宫，那里有沉香亭的。——终于忍不住，问。

那里没有什么可看的。你去了会失望的。——当地朋友说。

我相信说这话是有根据的，可是心里还是放不下——总不能一次都不去啊，至少，要看一眼沉香亭。

兴庆宫，是唐玄宗和杨贵妃居住、游乐的地方，天宝年间，每逢节日，都要在那里举行盛大宴会，接受文武百官的朝贺。里面有一座主楼叫花萼楼，刘禹锡的《杨柳枝词》中有"花萼楼前初种时，美人楼上斗腰肢"，此句中的"花萼楼"就是这里。

兴庆宫里还有一座沉香亭。就是李白醉中即席赋《清平调》三章的地方。

总觉得那是一个月光皎洁的夜晚，兴庆宫被照成了一个水晶琉璃世界。李白醉意犹浓，酣态可掬，沉香亭外盛开的牡丹倚着玉石栏杆，沉香亭内美丽的杨妃比牡丹更加娇艳，春风轻拂，异香四溢，熏透了丽人的襟袖。诗人呼吸着花香，花香又从他笔下流出，永远留在了中国人的记忆里——云想衣裳花想容，春风拂槛露华浓。若非群玉山头见，会向瑶台月下逢……名花倾国两相欢，长得君王带笑看。解释春风无限恨，沉香亭北倚阑干。那真是大唐盛世一个美妙的时刻，美妙得像一个梦境，像一个幻觉。

沉香亭，从此这个名字就溢着香气。绮丽、浓烈、绵长、匪夷所思的香气。

好在这次到各处都是一个人，在适度的冷清中放任所有的灵机一动，不用和任何人协调，不用彼此迁就，特别自由自在。

就一个人去寻沉香亭吧。进了兴庆宫公园，是一个很普通的公园，没有天宝年间的气息。花木倒还齐整，开了许多大丽菊，没有牡丹，当然是节令的关系。

找到了沉香亭，就是一个普通不过的亭子，既不富丽也不精致，里面在卖茶水，没有匾额碑赋，没有一点想象的余地。栏杆也寒素，又低又细的，有些不成样子。

解释春风无限恨，沉香亭北倚阑干。如今的栏杆已不堪倚，只剩下了无法解释的怅然。

沉香亭后的小山坡上有一个画栋雕梁的小阁，看时，写的是"彩云间"，是纪念李白的。名字起得真好，让人想起"朝辞白帝彩云间"，何等清亮、飘动，何等有逸气。阁前有一尊李白醉卧的雕像，座子上刻着："李白一斗诗百篇，长安市上酒家眠。天子呼来不上船，自称臣是酒中仙。"这几句也是中国人都喜欢的诗，因为喜欢诗里的潇洒和任性，更加喜欢了李白。可是在沉香亭边再看时，却觉得味道有一些不正。

天子召见，他不是来了吗？而且写了那么竭尽赞美的诗，想必当时的天子是龙心大悦的。李白不是仙，他也只是个凡人，在诗歌方面的天才不能提升他的整个人生。当天子让他出来做官时，他也会忍不住说出"仰天大笑出门去，我辈岂是蓬蒿人"这样的话。即使仕途不顺，他也没有放弃希望，长安市上酒家眠，其实是一种潜意识的等待。否则，为什么不到荒村野店酒家眠呢？

就不必担心有人打扰，更不会在醉入仙乡时，有高力士那等货色来传唤，让人担心那腌臜气味把诗人熏坏了。让他脱什么靴子呀，他连这也不配。

李白也是凡人，是凡人就有在乎的东西，有在乎的东西就有弱点。神仙胜过我们，棋高一着之处就是他们什么都不在乎。为了在乎的所有努力都是扬汤止沸，一不在乎就是釜底抽薪。当然对于李白不用计较这么多，我们只记住他的好诗，包括这三章《清平调》。退一步，抽象一点看，这终究是我们值得骄傲的时代最天才的诗人为当时最美的花和最美的女人所作的，没有理由不是美丽的诗。"长得君王带笑看"，这样的恩宠能得几时，转眼就是马嵬坡的"宛转蛾眉马前死"。那国色天香的余芳，只在《清平调》中不绝如缕，流传后世。

回来后看游览地图，介绍的文字里写着"彩云阁"，不是"彩云间"。不知是手民误植，还是我当时看错了。如果是我看错了，倒是一个颇有意境的错误。诗人是生活在地上的，但是他的诗却在彩云之间。

石上读经

据说有三件事，不做就不能说是到过西安：吃羊肉泡馍，游华清池，看兵马俑。羊肉泡馍吃了，华清池去了，而且都有一些感触，唯独兵马俑，似乎没有什么要说。

为什么呢？我也说不上来。兵马俑纯以气势胜，而我对它的气势早已有了心理准备，所以没有震撼感。另外，可能接受了某种心理暗示，觉得里面阴气很重，似乎不适合女子久留。在那儿倒是想起了一句话，独自笑了起来。那是我在日本留学时的导师、一位中国文学专家告诉我的，他带他的夫人到兵马俑，他的夫人看了说："看到这些，被人家叫'小日本'也无可奈何啊！"秦俑不是有血有肉的兵将，却也能"不战而屈人之兵"？

在那儿看到了真正的秦砖，那么棱角清晰，质地紧密，一看就是好砖。秦砖汉瓦，大名鼎鼎，许多朝代都有自己留在历史上的辉煌。若从文学角度看，汉代有汉赋，此后唐有诗，宋有词，元有曲，明有小品，清有小说，可也不是每个朝代都能留下些什么的。有更多的时代，只落得个一笔带过，甚至连提都不提。生在那个朝代的人也没有闲着，也许也很努力，但是那个时代走进了低谷甚至盆地，个人再努力也达不到前人的高度，而有的时代巨人特别多，是因为整个时代处在高地上。我们现在所处的时代，后人会记住什么呢？眼睛盯着眼前的是非得失，别忘了时间这只黄雀在后。

还是碑林让我觉得亲近。到了碑林，顿时觉得掉进了一个大宝库里，眼睛忙不过来。那里面的石碑，在别的地方，只要有一块，就可以大兴土木，建成一个景点，向人炫耀不已的，可是在这里，居然整整齐齐地收藏了一千七百多块！就是一千七百棵树，也已经是多么茂密的林子了，何况几乎每块碑都是书法史、文学史上大名鼎鼎的作品啊！这是一片多么神奇的森林哪！

碑林始建于北宋，是为了保存唐代镌刻的"十三经"而建的。十三经！古老有如传说的概念，在这里居然还原成真实的著作，为了避免传抄的讹误而刻石为证，以示天下。

在第一室的最深处，找到了《诗经》。第一篇是《关雎》，正文前有汉代郑玄所作的笺注，认为此诗是写"后妃之德"，"乐得淑女以配君子"——当年课堂里我们对这个观点爆发出一阵大笑。记得朱东润先生主编《中国历代文学作品选》，《关雎》也是第一篇，而且在解题里说明这是"《诗经·国风》的第一篇，也是全书的首篇"，原来是真的！至于郑玄，尽管我们不同意他的许多观点，但是他为《诗经》作笺，使之地位大大提高，留下了"郑笺"的典故。后人说李商隐诗"独恨无人作郑笺"，"郑笺"成了注释的代名词，出处就在这儿。

这是《论语》，密密麻麻的银钩铁画，秀丽端庄，无一懈笔，靠的不仅是功力，还有书者对圣人的恭敬吧。找到了熟悉的《子路曾皙冉有公西华侍坐》，孔子依次让学生讲述个人的人生理想的那一篇，当年背诵过的，今日在石碑上重见，忍不住从头朗读起来——"子路曾皙冉有公西华侍坐。子曰：以吾一日长乎尔，毋吾以也。居则曰：'不吾知也！'如或知尔，则何以哉？"——平时你们不是发牢骚说"人家不了解我"吗，今天我就好好听你们说说自己的志向吧。一个和蔼随和的老师，一个生动和谐的场面。

读到我最喜欢的那一段，孔子问曾皙的"点，尔何如？""鼓瑟希，铿尔，舍瑟而作"这里，正好是石碑边缘缺损的地方，我凭记忆补上缺了的字句，直到最后的"赤也为之小，孰能为之大"。真是好一场痛快的诵读啊，从头至尾没有人来打扰我，真是太好了。

比起其他人的志向，曾皙的志向最超脱冲淡，也最有幻想色彩，他说："莫春者，春服既成，冠者五六人，童子六七人，浴乎沂，风乎舞雩，咏而归。"如此令人神往的境界，难怪孔子喟然叹道："我赞同曾皙啊！"

当年读书时，我们对圣贤书可没有敬畏，这一段的翻译流传过一个"打油诗版"，曰："点儿点儿你干啥？我在这儿弹琵琶。嘣的一声来站起，我可不和他仨比。比不比，各人各说各的理。三月三，身上穿件蓝布衫，也有大，也有小，跳到河里洗个澡。吹吹风，乘乘凉，回头唱个山坡羊。先生听了哈哈喜，满屋子学生不如你!"当时我对这个版本情有独钟,现在看来,除了末一句对孔子的神态把握不当以外,总的说来还是"忠于原著"的,而且生动传神。"点儿点儿你干啥?"这一问,和将"铿尔,舍瑟而作"译作"嘣的一声来站起",将"咏而归"译作"回头唱个山坡羊",都属精彩的再创造。

面对这些石碑,我感激朱先生,还有教我古代作品的老师,他们没有骗我误我,我没有见到面的圣人真是这样说的,是这样教学生的,历朝历代的读书人都是读着这些书成长,那些优秀的人才也都是从这里出发走向自己的精神天地的。突然想,其实"钻故纸堆"有它的恒久性和纯洁性。考证出一点什么就是减少了一点未知,弄清楚一个字就是弄清楚,很诚实,也很长久。不一定有用,但正因为对当世无用而避免了被污染。那些有用的历史和传记,有多少谎言啊!谢谢石碑,你告诉我,我读过这么些真实的东西,我终于背诵过不需后悔、不曾遭涂改的经典。

往后面的展室去,越发地目不暇接。都是些何等如雷贯耳的名字啊，王羲之、欧阳询、褚遂良、颜真卿、柳公权、张旭、赵孟𫖯、苏东坡……那些被无数人临摹欣赏推崇备至的名帖，居然这样填海堆山地放在了一起！这样的豪华，让人不由得像进了大观园的刘姥姥。

有一些碑没有罩上玻璃，忍不住用手指在上面轻轻地描画。冰凉的石头上或圆润或锐利的点画，传达了当年书者和刻者的感情和力度，真切得似有隐约的脉搏和气息，使我获得一种纸上从未获得过的实感。

可惜那天我的体力准备不足，不得不加快速度，那种看法真是"鼎铛玉石，金块珠砾"。于是，我知道再到西安一定会再到碑林的，再在石头上好好读一回经，用手指，用心。

花与树

西安是值得中国人骄傲的，因为它保留了这么多的古代文化，而且还有许多等待发掘，让我们不断地有所期待，有所惊喜。到西安之前，我到过日本的京都，那里完全是仿唐代的长安建的，可以说，我是先看过西安的微缩版的。

听到过对西安的一种评价："西安啊，一是古，二是土。"西安确实"土"而且具体到就是"土"本身。城中尘埃扑面，刚到的人几乎觉得呼吸困难，又干燥，几乎可以感到皮肤像落叶一样发脆。让人觉得确实是在缺少水分的西部。这时会本能地怀念江南的湿润明媚。但是你马上顾不上西安的这些短处，你被它的内在气质吸引住了。就像遇见一个其貌不扬的人，他一开口却是语出惊人，而且是你闻所未闻的，你除了"大奇之"，还会挑剔他的长相和穿着吗？

到陕西历史博物馆，门口有一处流水设计，开阔平缓，水流中间卧一块巨石，朴拙凝重，仿佛在说：逝者如斯夫！来人在此先一舒心胸，拾级而上，就进入悠远的历史中去。这个占地七万平方米的国家级历史博物馆，让我对唐和唐以前的文化大大"惊艳"。如果说以前知道一点，也都是抽象的文字概括，现在是亲眼所见，连肌肤都浸染了那已经逝去的时代的气息。

流连在一件件价值连城的展品前，渐渐地不再惊叹，忘记了自己身处无尽时空的哪个坐标上，觉得自己整个人像一粒尘埃，飘浮在时光隧道之中，隧道口有一束光照进来，照着这一粒尘埃。隧道外有涛声轰鸣，那是所有惊心动魄的历史事件。

在"镇墓兽"的展柜面前，我看见三个顶着金色卷发的小脑袋。是三个外国的孩子，正在对着展品写生。两个男孩，一个女孩，年纪都不会超过七岁，他们都把牛仔衣铺在地上，然后就坐在衣服上，张大眼睛，抿着小嘴，画得专心极了，任凭身边人来人往，甚至对他们指指点点，都不为所动，连看也不看一眼，注意力完全放在那面目狰狞的兽雕上，整个人沉浸在"创作"之中，真是很有艺术家的风度。三个孩子都长得非常漂亮，加上与年龄不符的专注的神情，真是可爱极了。问了他们身后的外国女士，知道他们是从法国来的。啊，是那个遥远的，拥有卢浮宫、凯旋门，无数艺术大师和人类文明瑰宝的国度，难怪连小小孩童都有这等艺术气质——我始终相信生于不同国度、受不同文化的影响的人，他们的年龄计算方法也不一样。

上海博物馆自然也去过，那是一个让上海人骄傲的地方。规模、展品、硬件设施都是世界一流的，可以称得上真正的奢华。比起陕西历史博物馆，它规模更大更新更现代化，而且展品不限于一地一省，更加全面丰富，在技术方面也有优势，比如对青铜器的处理，显然技高一筹，因此展品总体感觉比较精致；陕西人似乎是守着太多的宝贝，有一点满不在乎，或是大西北坚守本色的天性使然。

不过，有一点，上海的博物馆是比不上陕西了，而且永远也赶不上。就是天时、地利、人和中的地利。因为这里的展品，就是在这片土地上被创造、被供奉或者被掩埋然后又被发现的，它们是土生土长，和这片曾是历史古都的土地的悠久博大浑厚神秘息息相通。你可以去那些如雷贯耳的皇帝陵，然后在这里找到它们的陪葬品，你仿佛就参与了当年的激动人心的挖掘；某个古代女子，比如被称作"裴氏小娘子"的那一位，在她墓中陪她沉睡千年的宝贝在这里，而她的墓碑就在碑林故人般等着你，你会觉得她刚刚离去；许多展品你经过了它的出土地点，或者你可以出了门马上去寻访。这一切都不是奇迹，因为你是在西安，在上演了多少荣辱沉浮、生死聚散、兴亡更替的西安，在影响了中国历史进程、浇灌了璀璨的古代文明的西安。那些展品和西安，是真正的互相拥有，唇齿相依。而在上海，那些展品都是从别处运来的，和上海缺乏那种深切的血肉相连，看完一出大门，就是车水马龙的广场和大街，提醒你现实和历史的距离。

不是上帝不能在一天之内速成一棵百年橡树，而是恐怕连上帝也不喜欢一棵在一天之内长成的百年橡树。这就是时光的馈赠。上海博物馆里的展品，像一束美丽非凡的花，是从各处的花园采来，插在雅致的花瓶里；而陕西博物馆里的一切是一棵树，深深扎根在这片土壤上。

贩夫走卒者说

记得某年春节联欢晚会上，有一个"捡钱包"的小品，表现北京、上海、西安三地人的特点，北京人什么都要往国家大事上扯，特别能侃；上海人精细认真里透着烟火气；最妙的是陕西人，那个头上扎着白羊肚毛巾的王老五，手里拿着钱包，就这么大大咧咧地问："你的钱包是什么颜色的？"对方说黑色的，他一看，"啊，就是你的！"就往人家手里一塞，把对方惊得几乎晕了过去。人家要表示一下谢意，他急了："你把我当成什——么人了？"那个小品不知道陕西人认可不认可，反正其他地方的人似乎都觉得编得很好，演得也好。

陕西人给人的印象一般是淳朴、厚道，自由散漫，不受"教化"束缚，血液里有股子烈性。记得听过那首陕北民歌《蓝花花》，那个被抢进财主家的姑娘这样唱道："你要死来你就早早地死，上半晌你死来下半晌我蓝花花走。带上（那个）羊肉怀里揣上（那）糕，找到我的亲哥哥呀，死活在一道。"何等浓烈的爱和恨，何等顽强的生命意志！真是像火一样！她不会像江南柔弱的小家碧玉，因为不能和心上人相守而哀哀欲绝，更没有觉得白玉遭玷需要以死明志——她才不死呢，她诅咒伤害她的人死！她连幻想离开这个地方时，都不忘记带上食物，那种对生和爱的渴望是任何人、任何力量也摧毁不了的。

在山西，在黄河的那一边，我的两个诗人朋友，曾经在壶口的水声伴奏下唱过信天游，那是我听过的最动人的民歌。那个环境太好了，不是那种环境合适唱那种歌，而是不唱那种歌简直对不起那样的天、那样的地和那样的水。一用陕北方言，那旋律就不一样了，变成了一种奇异的调子，似乎是全无修饰，土得掉渣，初一听有些滑稽，想笑，但是马上笑不出来。那股高原上的空漠、散漫、悲凉，慢慢地把许多东西从你的心底逼出来；最后觉得那歌声像液体缓缓注入人的身体，像烈性酒一样让你全身暖起来。那两位朋友，从此在我心目中不仅是诗人，还是了不起的民歌手。对于后者，我甚至更加佩服。

所以，在我真正到陕西之前，王老五、蓝花花，还有伴随着壶口瀑布声的信天游，构成了我对陕西的主要想象。

　　最能反映一个地方人的精神风貌的，往往不是那里的官员、演员，也不是星级宾馆的服务员，而是那里的小店员、小商贩、跑堂的、茶博士、拉车的、踏三轮的，还有出租车司机。我知道"走卒"本来的意思是替人跑腿当差之意，但我觉得拉车开车的人天天在路上跑（就是文言文的"走"），因此，总是将上述这些职业的人统称为"贩夫走卒"，贩夫走卒在我心目中就是靠力气和不太复杂的职业技能吃饭的寻常百姓，绝不带任何轻视色彩。是的，他们的社会地位和文化程度常常不高，也未必都"勤劳勇敢善良"，但是他们最能反映出一个地方的人情、民风，最真实最有趣，不像官员和演员，时时意识着自己的地位或身价，难免要矫饰甚至做戏；也不像那些旅游服务行业的礼貌周到，完全是职业训练的结果。比较鲜活的个性，是要在"贩夫走卒"中寻找的。

　　一到西安，首先接触的是出租车司机，西安的出租车司机很愿意和人聊天，但是不像北京的那么自我感觉良好，也没有那么"贫"，也不像上海的那么好猜测乘客的情况，透着一些与生俱来的大气。

　　遇上的第一个有趣的司机，是个小伙子，长得很帅，眼眉浓烈，透着机灵幽默，足以反驳"老陕个个像活动的兵马俑"的恶毒攻击。他说他不喜欢北京人，说北京人除了一张嘴没什么本事，还爱瞧不起人。他给我讲一个故事，说有一回他到北京，在大商场里，看见两个陕北老汉在那儿要买鞋，对售货小姐说："让俄看一下那'孩'。"陕北人把鞋说成"孩"，这是我知道的，要不怎么会以讹传讹制造出"舍不得孩子套不了狼"这样恐怖的谚语呢。售货小姐说："什么？要孩子？你回家生去！"他似乎为了掌握叙述节奏，说到这儿回头看了我一眼，发现了我脸上的义愤，才接着说："我一听就过去了，我对那小姐说：'你也不看看，大爷多大年纪了，能生吗？倒是你挺年轻，我看还是你生两个，让他穿回去得了！'"我忍不住笑了，他得意地说："这个抱不平打得可以吧？把那个小姐整的！那两个老汉到最后也没有明白我们在说什么！"这气性，这反应，还有口齿，你看陕西人是好惹的吗？

　　不过只要不动怒，他们通常是友好的。有一位我一上车，就问："你是空姐吗？"我奇怪地说："怎么会这么想？""看你的衣服呗！"那天我因为去看望一位长者，穿了一套藏青套裙，被他一说还真有点像制服。我说不是。他说："是吗？不过真像，你别多心。这可是夸你，要是光衣服像，我也会猜你是个地勤！"我下车的时候，他又一分为二地补充道："不过，年轻轻的，还是应该穿得鲜亮一点。"面对这样类似学术探讨的坦诚，我只能说："是的，以后注意。"

他们还会自嘲。一个司机问我："觉得西安好吗？"我说："好。"他说："唉，好什么呀！我们西安就是靠祖宗，守着老祖宗的东西，吃完这个吃那个，所以也饿不死。快饿死了快饿死了，又挖出个什么来，又吃上一阵子。"这样的自嘲可够辛辣的，不知道他的父老乡亲听了作何感想，我这个客人却觉得能自嘲是一种胸襟的体现，自嘲得精彩就是智慧了。

说完了"走卒"，再来说"贩夫"。在所有的古迹旅游点都有文物、纪念品店，那些店里的人都和游客泡油了，敢胡开价钱，会嬉皮笑脸地劝诱，每个毛孔都渗透了"商"味，一点都不可爱。但是摆小摊的就不一样，在乾陵附近的土特产集市上，我和一个北京女孩一起向一个老汉买东西，我想要一些麦秆编的小玩意，她想要红红绿绿的坎肩和帽子。价钱都不贵，我们出于习惯稍稍还价，没想到他坚决不肯，说了半天就是那句话："我没有挣你的钱。"我们好笑道："哪有买卖不挣钱的？也没有不让人还价的。"可是他就是毫不理睬，一副"一言既出，驷马难追"的样子。最后只好依他的价付了，北京女孩也依他说的付了之后，他居然少找了三块钱，我们对他这种毫无技巧的狡黠啼笑皆非，向他指出时，他还是那句话："我没有挣你钱。"最后再找了两块钱，还气呼呼的。

我们得出结论，和陕西人讨价还价不好玩，他们太耿直了，没有弹性，把游戏上升到了原则性的高度。要是广东人，肯定会先打一点埋伏，然后和你展开几个来回的大呼小叫，最后做出跳楼价、大出血的样子成交，一点不比陕西人少挣，还白落一个皆大欢喜。

在莲湖路的一条小巷里（后来才知道就是文联所在

的小巷）吃羊肉泡馍，感觉倒不错，他们不管生客熟客，一律平等对待，配料、炒菜动作娴熟，除了吆喝声没有一句废话，是真正做买卖的样子。问我："要好的还是一般的？"我要了"好的"，一碗八块钱，羊肉很多，而且烂，馍很有嚼头，青蒜碧绿，浓香扑鼻。吃完了发现对面有卖柿子饼——与南方那种风干、挂白霜的柿饼不同，而是金灿灿的，问价钱，说是六角一个，我要两个，给了他一块二角，他却说："你要两个，给一块钱得了。"又还给我二角。无缘无故受了人家的善意，觉得西安人还是古道。

西安人一般比较干脆。一次坐出租到一家宾馆门口，要付六块多钱车钱，他找不开，我找了找，只有五块零钱，他让我进去到总台把大票换开，这时门卫过来了："咳，你就收五块钱得了，你看那么多车都堵在后面了。"司机回头一看，立即说："就五块吧。"二话不说收了钱，飞快地开走了。回想起来，那素质，是应该干大事的。

（写于 1998 年 10—11 月）

金陵散记

长干桥

有些地方就有这样的魅力，无论你到过几次，在什么年纪、什么心境里到那儿，你都不会失望，因为它内涵无限，它会在不同的时候对你展示不同的侧面、层次和底蕴。

比如南京。

春末在南京，晚饭后散步，出了中华门，便看见一座桥。那时有朋友同游，问桥名，朋友说："你过去看看，马上能背出一首唐诗来。"虽然对方是老朋友，但何以如此肯定？好奇心起，便独自过去，一看，写着：长干桥。真的很熟，就在唇齿间的，要说出来时却又躲开了，还是朋友笑着揭开谜底——"妾发初复额，折花门前剧。郎骑竹马来，绕床弄青梅。同居长干里，两小无嫌猜。……"啊，是李白的《长干行》。可是我刚才想起的似乎不是这几句，这时却也想不起来了。

天气很好，桥上的人行道上有许多小摊，卖书刊的，卖小零碎的，路灯下生意兴隆。我们看了看书，有旧书和旧杂志，有些杂志看着眼熟，简直疑心就是当年有过的那一本，又想到已经过了十几年，不禁暗暗心惊。下桥时在最后一个小摊上买了一把纸的圆扇，拿在手里，朋友笑道："团扇、团扇……"便不说下去了，我刚想接下去，也顿住了，跟着也笑了。因为那阕词的下面一句是——"美人病来遮面"。说出来自己拿自己打趣不成。

回了旅馆，却想起来了，刚才我差点脱口而出的是——"君家何处住？妾住在横塘。停舟暂借问，或恐是同乡。"我的第一反应就是这几句，好像是和"长干"有些关系的，可是诗中没有出现"长干"，到底对不对，终究还是疑惑不定。

回来查了书，不禁笑自己，可不就是《长干曲》吗？崔颢的。原是四首，当时若能再往下背，也就想起来了——第二首就是："家临九江水，来去九江侧。同是长干人，生小不相识。"

这两首一问一答，像民歌的对唱。一个水上行船的姑娘，听见一个邻船人的话音，于是急急地问道："你是哪儿人呀？我可是横塘人。听你的口音，咱们说不定是同乡呢！"心直口快，天真烂漫。从她的称呼上看，对方应是一个男子。接下来就是那个男子的回答："老家住在江边长干里，也是一个风行水宿的人，作为同乡，怎么从小不认识，今天却在这儿偶然相遇了呢。"两人对答，如闻其声，如见其人，又质朴率真，蕴藉无邪。这里的长干，就是南京长干里。

还有一首也很出名，就是崔国辅的《小长干曲》："月暗送潮风，相寻路不通。菱歌唱不彻，知在此塘中。"与"只在此山中，云深不知处"有些个异曲同工，但寻的是采莲女不是隐士，多了许多人间气息。这里的"小长干"也是地名。《吴都赋》"长干延属"注："建业南五里有山岗，其间平地，吏民杂居，东长干中有大长干、小长干，皆相连。"那么大小长干都是长干里的一部分，应该就在长干桥附近。

下次当然可以再去探访，只是菱歌唱晚的景致已看不见了。同时消失的似乎还有一些别的什么，说不清，也就不说了吧。

燕子矶

去燕子矶的路上，出租司机一再说："燕子矶有什么好看的？应该去中山陵、明孝陵。"我们相视一笑，不理会。到了燕子矶公园，往上走，一路上觉得想不通——如今但凡有点可看的地方，都要圈起来弄成个公园，生生把活泼泼的景致弄局促了。不如把整条长江都给圈进来得了。经过御碑亭，到那块著名的、陶行知所立的"死不得"石碑看了看，心想：皇帝老儿几句平庸的诗，也那么兴师动众地盖个亭子，这块碑就没遮没拦，可见到了今日皇帝还是比教育家有地位。

正好这几天闷热，春末已有了夏天的感觉，逛了一阵，便想喝茶。听朋友介绍过，这里的茶楼很好，刚才经过时从楼下看了一眼，也像是不错，就原路返回，上了楼。二楼门口立着一块牌子，写着茶的品种和价格，不便宜，也不离谱。下面另有一行大字：欢迎进来休息，免费请进。倒有几分客气，就一笑进去了。

柜台上是一个女人，那绝对不能称"吴姬"，该说是"金陵老妪"了，人很干净，看上去和气、满足，脸上是淡淡的笑意。我们要了两杯茶，还有一袋玫瑰花生米，靠窗坐了。

这里给人的感觉像"轩"，三面都是雕花格子窗，打开了，一面是燕子矶上的树木花草，两面是青葱远山，一面是浩浩长江，是别处少有的通畅开阔。没有别的客人，我们喝着茶，和她闲聊起来，她这个茶室是由燕子矶公园向公园管理部门承包的，她管理着，儿子也在这里帮忙，她上任以后，买了新的茶具，每天打扫卫生，茶室比以前干净多了。我们这才注意到手中的盖杯确实是干净齐整，没有缺口、裂纹，桌子也都抹得一尘不染。这时她的儿子进来了，是一个清秀的小伙子，和母亲说话，声音轻轻的，动作却很麻利。我们说："老太太，你有这样的工作环境，又有这样的儿子，是多少人求不到的福气。"她也笑了，说："是还可以吗？"看得人从心里叹出来——谦和，却不压抑；满足，却不张狂，这样的状态真叫人羡慕，怕也是一种道行呢。

坐在这里，眼前是：远远近近山，高高下下树，浓浓淡淡花，只少了叮叮咚咚泉，不过有浩浩荡荡江。清风徐来，茶就喝得格外透彻，就哪儿也不想去了，一点不想动。不知过了多久，只知道茶添了三回水。

和老太太信口聊着，她说："那是槐树，飘的是槐花。"怪不得前人说"槐花胜雪"，那么白白的、碎碎的堆在阶上，可不就像雪吗？空气中也是槐花的香，一缕缕地过来，没有断绝的时候。除了槐树，还有火槭树、枫树，在一片绿中分外娇艳。忽然想起——"那边矮矮的花树叫什么？开小白花的？"老太太望了望，却说："不认得了。"那是一种叶似橘、花如桂的植物，香味十分地好闻。

付账的时候，该付 25 块的，可是老太太悄悄把一张 5 元纸币往我手里一塞。那个手势是我小时候熟悉的，就是乡下的姨姨、姑姑们往我手里塞进一个热乎乎鸡蛋的手势。让人从手里热到心里的。这时已经有别的客人坐在一边了，我不好声张，只好收回来。临别时，她说："下次再来呀。"

"一定，一定。还要带朋友一起来。"本来是客套，此时都成了真心话。

回来后还是牵记那种花，给南京一个读书多的朋友写信时还问起，隔了许久回信来了，答案却是一句辛弃疾的词——"花不知名分外娇"。

秦淮河边

秦淮之为河，真是太旖旎了。

才子佳人、悲欢离合，天下兴亡、斜阳花草，画舫歌榭，桨声灯影，有关的典故、传说几天几夜也说不完，那么多的脂粉、沧桑，怕是任何一条河都载不动的。

难怪河水凝寂不流。不流也就罢了，却漂浮着一些垃圾，这就有些不妙了。那些隔着烟波吟诗唱赋的想象顿时支离破碎。旁边的香君旧居本想看看，正好在整修，也没有封闭作业，只见一片沙土狼藉。不过同行的朋友说，原先也不很好，帐子被铺什么的，弄得很实，反而不看的好。我想让凡夫俗子都来参观香君姑娘的卧室，未免有些唐突佳人。而作为心中对她保留美好想象的人，也是不来的好，至多从远处望上一眼，一落了实，想象往往支离破碎。我们还有多少美好的形象、概念经得住作践呢。太认真的寻访，只怕要后悔莫及。朱雀街、乌衣巷，和以前看过的都不一样了，又有一幢油漆味很重的宅院，门上挂的崭新匾额"王谢故居"，显然也是整旧如新，游客倒是方便了，只可惜这故居不是那故居，反而告诉你真正的故居已经无处寻觅。人情做过头，不对了。

华灯初上，我们找地方吃晚餐，无意间上得一家茶楼，都笑道："又喝茶，这次到南京，倒像是专门来喝茶！"正在犹豫，门开了，送客的茶博士看见我们，一声吆喝："三位？里面请——"正在惊讶于这似曾相识的声调，又被他的装束吸引住了——灰色布褂、黑布鞋，腰上系了腰带，臂上搭了一方茶巾，这不是打北京人艺的《茶馆》的台上跑下来的角色吗？

进去一看，好个清幽的所在。装潢、陈设、桌椅，都是将新作旧、藏而不露的讲究。我们交换一下眼神，要找的不就是这样的地方吗！挑了一张桌子坐下，正在四处打量、欣赏，过来一个上年纪的茶博士，也是那样打扮，身材高大，两鬓带霜，笑容可掬，眉目间充满和气。

"几位请坐，请问用些什么？"我们也茫然，就请他介绍。他替我们翻着菜单，说："这儿有配套的茶点，都不错，像三位的情况，每人一大套怕吃不了，可以来两套小的、一套大的，搁一起，大家尝尝。觉得哪个点心好，可以另外单要那一样。既可以尽兴，又不会浪费。"我们觉得在理，就依他说的要了。又端过托盘来，里面是一碟一碟的茶叶，让各人自己挑，我们各自要了龙井、毛峰、雀舌。

"各位稍候，这就去给大家泡上。"

他一走开，我就说："我喜欢这个老人，干干净净，浑身一股和气，这样的人才配卖茶哪。"

其余两个人平日都是挑剔的，这时也都点头："这儿真不错！"

喝了一会茶，朋友想抽烟，却找不到烟灰缸，"这儿能不能抽烟呀？"四处一张望，老人就过来了，问了，他笑着说："您说，茶馆店能不让人抽烟吗？不让抽烟还叫什么茶馆店？可最近这儿不是又装着空调吗……咳，您抽吧，我给您拿烟灰缸。"朋友是个明白人，忙说不用了，不抽了。"是吗？那就对不起您了。"

他一转身，我们都道："哪儿来的老先生，真是会说话！"本来很容易引起争执的一个问题，经他温声细语一说，事就不是事了，客人根本不会动气。就像欧洲的高级饭店里用白发绅士一样，中国风格的茶馆店里，这样的人是不是比年轻小伙、妙龄女子还和谐？

这时进来一批外国游客，老人迎上去，用英语道了

"晚上好"，引他们入席，又回来和我们聊天。我说："你会英语？"

"哪里，就学了两句。看见客人，问个好，带到座位上请他坐，也就完了。咱是中国人，对人家有礼貌就行了，也不用怎么特别上赶着去巴结人家。其实咱凭自己双手吃饭，也不比人家矮一截。您说是不是？"

我们大大点头，老人又说："我觉得人哪，有多少钱过多少钱的日子。主要是图一个心里踏实。咱现在的日子虽说不富裕，可平平安安、高高兴兴，自己觉得也挺好。"

如今的人，没有钱盲，只有文盲，没想到在这儿遇上一个"识字的"，不由得对他重新打量一番。不愧是南京，随便哪个角落都可能冒出个带古风的人，叫你想到这是六朝古都。

点心上齐了，一色的细瓷碟子，有几十样，看上去是真吃而不是摆阔的。老人一边给我们添水，一边陪我们聊着天，知道我们的来处后，就改用上海话和我们聊起来，说得十分地道。他介绍说，这儿是仿古式茶楼，要的是原汁原味的民族特色，什么卡拉 OK，我们都不要，等一下有乐队来，演奏的都是民族乐曲，唱的也是民歌。我们都听得入神，其实不是听他说的内容，就是听他轻声细语的语调。后来老板来了，老人就去招呼别的客人。我们齐声夸这儿的茶博士好，老板说这些都是下岗的，年纪也都在 45 岁以上，要重新找到工作不容易，现在有了这么一个岗位，都很珍惜。我们说那个老人最好，给这儿添了气氛，老板说："他年纪大了，都 60 了，可是干得好，有人缘，客人都喜欢他，经常要和他合影。他其实也不容易，儿子生病躺在床上，挺花钱的，家里就靠他了……"

再看老人的笑容，就添了一些敬意。真是不容易啊。看得出他那种笑，不是为了生意勉强挤出来的，也没有艰难或者困顿的影子，就是那么一种发自内心的，最自然、最饱满的笑容，仿佛他生就了那么一张笑脸。我相信老人的内心真是平和的，因为他没有奢望，也没有绝望，没有虚荣，也没有卑微，对任何人、事只是本色相对而已，因而坦然自若。

离开的时候，他送我们到门口，笑着道别。我们才发现，我们对他的称呼不知什么时候开始成了"老先生"。我们对他都很感激，因为他为秦淮河抹上了蕴藉、润泽的一笔。我想，南方那些新开发的城市也可以轻易达到这个茶楼的硬件水平，可是他们恐怕请不到像老先生这样的人。

秦淮之为河，旖旎已经不再。不过繁华还在，繁华里的一点真心真性还在，还可以不让思古怀旧的人完全失望。

但愿下次去时，还能在那儿看到老先生。那样的笑容和清气，像茶一样，是可以一洗肺腑的。

彩云之南

云南的云

不知道从什么时候起，也不知道是为了什么，对云南怀着一种乡愁般的感情。只要听见云南这两个字，脑海里就会出现一枝饱蘸翠墨的笔，龙飞凤舞地书就几个酣畅优美的字——云之南。

在我的私人备忘录里，很早就写上：去云南。

没想到真的如愿以偿。六月，受云南玉溪文联的邀请，我第一次踏上了这片"云之南"的土地。

飞机在昆明降落，一出机舱，视线顿时舒展——机场的四周没有高楼，蓝天格外开阔，地平线上飘浮着大朵大朵的白云。唐诗有"野旷天低树"的佳句，在这里则是"野旷云低树"。云之低，之白，之温润，之美丽，成了我对云南的第一印象。

此后的日子，不论在车上，还是在宾馆的阳台，这样的云都随处可见。都说云南的自然景观最丰富，江、河、湖、瀑、泉、山、林、洞、雪……应有尽有，为什么不算上云呢？

那温婉多情如傣家少女，又悠然无心似山野隐士的云。

云南的云好，不枉叫了这么个好名字。

抚仙湖

这次采风，住得特别舒服。这倒不是因为住的是什么五星级，而是环境很奢侈，每到一地，宾馆都在湖边，而且我们住的每个房间都能看见湖。

这个湖就是抚仙湖。这是我国第二深水湖泊，仅次于长白山天池。它的湖面开阔，有太湖的浩渺，它有孤山小岛，楼榭掩映，让人想起西湖的灵秀，但是有一点，却是太湖和西湖无法比拟的——那就是它的蓝，它的不带人间烟火的一清到底。

那种蓝，像雨后的天空，更像湛蓝的水晶，透明，纯粹，带着一种神秘的灵气。这是因为自然环境好（湖中支流不多且分散，陆源腐殖质和悬浮物少）而且没有污染，才造就了这份稀有的清纯的美。

湖名"抚仙"源于一个传说，说有两位仙人到这里，因为贪看美景，化作了抚肩而立的石人。听了这个传说觉得不过尔尔，倒不如让人随便想象——比如我，宁愿把"抚"字理解成安抚、抚慰的意思——连神仙到这里都能心神舒畅，得到抚慰。

清晨早早起床，到湖边看湖。水天一色之中，看渔民独自垂钓，看太阳慢慢照亮那些彩云，什么也不想，静静地任湖风吹拂，整个人表里一片清凉。

回来收到在那里拍的照片，视线再次被作为背景的湖所吸引，那么蓝，那么清，要不是摄影留住了这份秀

色，在车水马龙废气盎然的上海，再回想那个湖，那片
水，也许会以为那是幻觉。

菌子们

记得汪曾祺先生文章里不止一次提到云南的菌子如
何美味，所以到了玉溪，当主人说现在正是菌子大量上
市的季节时，不禁喜形于色。

上来一大盘，棕色的牛肝菌和翠绿的青椒炒在一起，
搭配极其简洁，但确是绝配——青椒的清香渗进菌子里，
一吃，香，鲜，嫩，滑，好吃得令人感动。赶快又用调
羹多多地舀了一下，一抬头，就看见坐在对面的其他人
"幽怨"的眼神，赶紧打住，将转盘往那边转过去……

主人见我们如此狂爱菌子，此后每顿都必上菌子。
除了牛肝菌，还有青头菌、干巴菌、鸡油菌，还有什么，
我记不清了。

因为正是采菌子的时节，所以菌子又多又新鲜。在
别处也吃过菌子，没有这么新鲜，也没有这种吃法，一

盘上来，抢着吃，转一圈就见底了，主人笑着吩咐："再来一盘!"

鱼　们

在云南，好像关于鱼的故事、趣事特别多。

最著名的当数"界鱼石"。"界鱼石"位于江川县海门，这里有星云湖和抚仙湖相通的水道，水道中有一块嶙峋石壁，旧有碑文曰："双峰极天，一水流月。两湖相通，鱼不来往。"意为两湖游鱼到此为止，互不往来。我们到那里时，听到更为翔实的介绍——并不是所有的鱼都不来往，而是指星云湖出的大头鱼和抚仙湖的抗浪鱼，这两种鱼到了这里，各自调头而返，许多当地人曾亲眼看见。这种奇特的现象延续了几千年，原因却尚无定论，大自然的奥秘总有一些不想让人猜透的，我们也就不枉费心思了。

还有神鱼泉。那里的鱼老百姓不吃，没有人捕捞，但是从来看不见病鱼、老鱼、死鱼，也没有小鱼，好像它们一出生就是那么大，也不会老死，就一直那么健康活泼地生活在泉水里。这些鱼还有一个绝技——嗑瓜子。听上去有些难以置信，于是真的撒下一把葵花籽，顿时许多鱼游过来，将瓜子吞了进去，片刻间又将瓜子壳吐了出来。大家纷纷往水里撒瓜子，鱼来鱼往，水花四溅，最后水面上浮起了一层瓜子壳。这些鱼嗑瓜子的速度，简直比人还快。

后来我们又到了明星风景区，本来想看"车水捕鱼"，可惜水车坏了正在修，所以只看了看鱼洞。里面的泉水极清，我们还打上来喝了一口，真是清甜纯净，抗浪鱼就是喜欢这样的清水，才会抢水而上，钻入渔民们预先放在流水沟中的竹笼里的。君子可欺之以方，抗浪鱼大概是鱼中的君子了。

天下第一联

在昆明，我游了翠湖，到了金殿，雨中拜谒了聂耳墓，坐缆车在空中饱览了滇池风光、西山秀色，登上了

别有洞天的龙门，尝了傣家风味的香竹饭、香茅草烤鱼、

酸笋鸡，在街边小店吃了香喷喷的炸肉片、菌子和蕨菜，

在翠湖边买了许多手工做的工艺品……

但是就这样，我是不肯离开昆明的。第一次到昆明，

我有一大心愿，就是要亲眼看一看悬于大观楼上的那副

长联。

小时候，父亲从昆明带回一副长联的影印书签，给

我讲了对联的大概意思和它的妙处，在我童稚的心中留

下了极深的印象，那枚书签我经常拿着把玩，寻着上面

认识的字念，似懂非懂地琢磨着，崇拜着。

《云南日报》的女记者王宁陪我游览昆明，她与我年

龄相仿，一见如故，听说我的这个愿望，当即带我去了

大观楼公园。入园傍荷池直走，过了泊舟亭，就到了大

观楼。急急地寻到门两边的对联，正是孙髯翁的那副

名联：

五百里滇池奔来眼底，披襟岸帻，喜茫茫空阔

无边。看：东骧神骏，西翥灵仪，北走蜿蜒，南翔

缟素。高人韵士何妨选胜登临。趁蟹屿螺洲，梳裹就风鬟雾鬓；更萍天苇地，点缀些翠羽丹霞。莫辜负：四围香稻，万顷晴沙，九夏芙蓉，三春杨柳。

数千年往事注到心头，把酒凌虚，叹滚滚英雄谁在？想：汉习楼船，唐标铁柱，宋挥玉斧，元跨革囊。伟烈丰功费尽移山心力。尽珠帘画栋，卷不及暮雨朝云；便断碣残碑，都付与苍烟落照。只赢得：几杵疏钟，半江渔火，两行秋雁，一枕清霜。

置身此地此景，把它读上一遍，滋味自是不同，真是口齿留香。那楷书是从小在纸上看熟了的，此时见了，如宝黛见面，虽是初见，却像故旧重逢一般。

买了一本介绍的小册子，回上海的飞机上，细细看了注解，许多过去一知半解的地方都明白了，越发叹服其妙。等下飞机，已经背熟了。我觉得说它是"天下第一长联"还不够，因为其妙处其难为处并不仅仅在长，而在于它艺术上对仗工稳又一气呵成，字凝句练又大气磅礴，内涵方面，对景贴题又不局限于一地（云南）一时（乾隆中），而是在自然界的广阔视野和几千年朝代兴亡这样巨大的时空中驰骋纵横，所以足以引起后人强烈共鸣和深沉感悟。对联写到了这个份上，可谓淋漓尽致，登峰造极了。对它的评价，去掉一个字，说"天下第一联"恰好。

后来收到王宁寄给我的一个小铜牌，上面就是这副对联，比巴掌还小，上刻 180 字，历历可辨，十分可爱。王宁说这是她父亲以前给她的，因想着我会喜欢，就给了我。难为她这样有心，况是旧物，更加可爱。铜牌背后有支架，可以立于案头，于是天下第一联就站在了我的书架上。看着它，就想起昆明。

天机云锦红楼梦

到南京，总会想起《红楼梦》。

谁不知道呢?《红楼梦》中的四大家族是:"贾不假，白玉为堂金作马。阿房宫，三百里，住不下金陵一个史。东海缺少白玉床，龙王来请金陵王。丰年好大雪，珍珠如土金如铁。"

书中的十二位重要女性被命名为"金陵十二钗"。

小说第二回中贾雨村对冷子兴说:"去岁我到金陵地界，因欲游览六朝遗迹，那日进了石头城，从他老宅门前往过，街东是宁国府，街西是荣国府。"——不但有金陵，还出现了南京的另一个别名"石头城"。

《红楼梦》本叫《石头记》，所谓"石头"，自然是指那块被弃青埂峰下、"无材补天，幻形入世"的"顽石"，但如果联想到南京又叫石头城，则《石头记》这个题目应该也蕴含着作者对曹家鼎盛时期生活过的南京的怀念。

连书中的也许是"顽石"变幻而成的"通灵宝玉"，南京人也发现了它的"生活原型"，认为是南京特产的雨花石。当我在雨花石博物馆看到这个说法不禁大吃一惊。一直以为"通灵宝玉"是羊脂玉，至少也是白色的软玉，要不，怎么说"一个是美玉无瑕"？可是，仔细再看曹雪芹的描写："大如雀卵，灿如明霞，莹润如酥……"还真是和雨花石有几分相似，加上曹家和南京的深厚渊源，南京人将小说家的虚构作出这样的解释，别处的人即使不认可似乎也很难反驳。

历经沧桑的石头城南京，今日依然遍地都有与《红楼梦》、曹府有关的遗址：大行宫、夫子庙、桃叶渡、三山街、东箭道、青溪、乌龙潭……据研究者考证，共有四十多处。而琳琅满目的云锦博物馆、江宁织造博物馆，则是明确无疑地向"江宁织造"致敬了。当然，今天人们心目中的"江宁织造",所代表的不是曾经的官办织造局和曹府的风光,而是一种值得骄傲的丝绸文化、手工传统和审美风范。

《红楼梦》第三回,黛玉进府看到的荣国府正堂"荣禧堂"的乌木錾银字的对联是"座上珠玑昭日月　堂前黼黻焕烟霞",黼黻,读作斧服,本指古代官僚贵族礼服上绣的两种花纹,后来泛指官员贵族的衣饰图饰和华贵衣物。据说曹雪芹的爷爷曹寅诗文中多用"黼黻"二字,以显示其显赫的织造家世,曹雪芹虽以"假语村言"掩饰小说的真实来历,但是他自己拟的这副对联,一上来就用了爷爷喜欢的字眼,更表现出作为"江宁织造"的后代对丝绸文化耳濡目染的见识和对服饰之美特别敏感的特质。

若论清代的官办织造,就不能不提到南京的江宁织造和曹家。其实江宁织造本不姓曹,江宁织造自顺治二年(1645年)建立起,至光绪三十年(1904年)撤销时止,共存在近260年时间。在这近260年的时间中,主管织造的官员,先后更迭达数十人之多,而其中最为人们熟知的，是曹玺、曹寅、曹颙、曹𬘩四人。曹家祖孙三代四人连任江宁织造达 58 年之久，备受皇上器重，在江宁织造史上影响也最大。这 58 年，是曹家的兴盛期，也是江宁织造府的辉煌期，所以一说江宁织造就想起曹家。曹寅之孙、曹𬘩之子，就是曹雪芹。正因如此，《红楼梦》这部百科全书中，丝绸服饰的品目异常丰富，描写特别细腻。

读过《红楼梦》的人谁会不注意到里面花团锦簇的绫罗绸缎？

彩绣辉煌，恍若神仙妃子，头上戴着金丝八宝攒珠髻，绾着朝阳五凤挂珠钗；项上带着赤金盘螭璎珞圈；身上穿着缕金百蝶穿花大红洋缎窄裉袄，外罩五彩刻丝石青银鼠褂；下着翡翠撒花洋绉裙。

这是凤姐出场时的打扮。"洋缎""洋绉"者，都是舶来品吗？不一定。据沈从文先生研究，"洋"字当指布料图案样式带西洋风格，不能由此判定布料就是舶来品。

如此说来凤姐这一身"彩绣辉煌"，依然可能是国产，而且出自南京。

> 穿着贾母与他的一件貂鼠脑袋面子大毛黑灰鼠里子里外发烧大褂子，头上带着一顶挖云鹅黄片金里大红猩猩毡昭君套，又围着大貂鼠风领。……里头穿着一件半新的靠色三镶领袖秋香色盘金五色绣龙窄褙小袖掩衿银鼠短袄，里面短短的一件水红装缎狐肷褶子，腰里紧紧束着一条蝴蝶结子长穗五色宫绦，脚下也穿着麂皮小靴，越显的蜂腰猿背，鹤势螂形。

这是"琉璃世界白雪红梅 脂粉香娃割腥啖膻"时神采飞扬登场的史湘云。

云姑娘的这一身打扮，真是江宁织造的活广告、南京云锦的集大成了。尤其是片金、装缎，片金是用金箔制成金线，然后和蚕丝同织而成（"穿金戴银"这个成语中的"穿金"依靠的就是这种工艺，南京有金箔锻造的传统，曾有明朝制作真金线的官营作坊，今天"南京金箔锻制技艺"已列入国家级非遗名录)；装缎，应作"妆缎"，又叫"妆花缎"，是云锦巧夺天工的巅峰之作，也是江宁织造直到今日南京云锦的明星产品。

南京云锦与成都的蜀锦、苏州的宋锦、广西的壮锦并称"中国四大名锦"，与苏州缂丝并誉为"二大名锦"；始于南朝而盛于明清，是绚烂夺目、精美绝伦的中国传统工艺美术珍品，又被称作"中国古代织锦工艺史上最后一座里程碑"。

织造一块上等云锦需要经过异常繁复的工艺程序，老艺人有"一抡、二揿、三抄、四会、五提、六捧、七拽、八掏、九撒"的拽花字诀，织手要做到足踏开口、手甩梭管、嘴念口诀、脑中配色、眼观六路、全身配合。"七上八下"是织造云锦所必需的工序，制作工艺之繁复，仅仅旁观也眼花缭乱，叹为观止。

湘云身上所穿的"妆花云锦"，需要大花楼机一上一下两位织工同时创作，凭借提花工"通经"的准确和织造工"断纬"的灵巧，还有两位巧匠惊人的默契和耐心，方能织就，难怪有"寸锦寸金"之说。云锦中的"挖花盘织""逐花异色""挑花结本"等工艺至今仍只能用手工完成，堪称高科技时代的手工技艺活化石。

明末诗人吴梅村这样描写南京云锦："江南好，机杼夺天工，孔雀妆花云锦烂，冰蚕吐凤雾绡空，新样小团龙。"清朝书画家郑板桥《长干里》则有"缫丝织绣家家事，金凤银龙贡天子"之句。前者称道云锦之美，后者明确指出云锦主要是为皇家织就的。

其实，云锦的魂，不系于天家富贵和贵族气派，而在于它不同凡响的美。云锦之美，令人一见倾心又耐人寻味。云锦之美，让人叹为观止又回味无穷。云锦之美，是越看文化底蕴越厚重、审美意味越浓郁的美。这样的美，既是它不言而喻的身份证，又是它仪态万方地走向全世界的通行证。何须言必称皇家、称贡品？在云锦这个云蒸霞蔚的艺术世界中，美是最高律令。

不论自身处境如何，
一个人可以在局限之中
找到自己的安顿，
还可以于看似平凡的日常中
寻求美感和诗性时刻，
并由此让自己的性灵得到舒展。

难得松弛

长江文艺出版社尹志勇社长向我约稿，说他们有一个策划，想在我的所有散文里选出一部分，出一本有主题的散文集。我问是什么主题？他说：慢生活。

觉得这个主题有意思，就答应了。尹社长又提出篇目由他们选，我觉得为了更好执行出版意图，这样更好，也答应了。所以这不是一本自选集，是一本"他选"集。书中篇目大部分选自我的《茶可道》《看诗不分明》《如一》《茶生涯》《梅边消息》等书，也有几篇新作，是第一次收入集子。不论新旧，总之都是和"慢生活"有关的文字。

后来责任编辑说，她们认为我的文章中有意无意地倡导了一种"极简慢生活"。我不太清楚是否如此，不过我觉得"慢生活"是好的，"极简"也是好的。

什么叫"极简"？我的理解是减少物质的欲望，降低物质在生活中的地位，更注重精神性，在有限的心理空间里释放出一些内存。有了这些心理内存，人哪怕不脱离日常生活的框架，也可以追求更富有精神性和艺术性的生活，过得更好、更舒缓，甚至——自在。

说到"慢生活"，我会想起两个月夜。

一个月夜属于明末的张岱。我很喜欢他的一篇《庞公池》。那个夜晚，张岱在庞公池的船上看月亮。船里面铺着竹席，还带了酒。仆人在船头唱曲，张岱有点喝醉了，半醉半梦之中，唱曲音越来越远，月亮也越来越淡，然后他睡着了。仆人唱完的时候，他突然又醒过来，含糊地夸两句，然后接着睡。最后这个仆人也睡着了，大家就这样在船上睡了一觉，直到船夫把船划回岸边，叫他们起来回家去睡，他们才醒。

这个时候是什么感觉呢？"此时胸中浩浩落落，并无芥蒂。一枕黑甜，高春始起，不晓世间何物谓之忧愁。"心中浩浩落落，没有任何挂碍。无比香甜地睡了一大觉，第二天日影西斜才起来，都不知道世间什么叫忧愁。

这个月夜很有意思，充满了"无中生有"的快乐。庞公池一直在那儿，天上一轮月亮也人人可看，但作者设法坐船赏月，其中就有一种精神性的探寻，这种探求也得到了极大满足：在一种随意的状态中享受了一夜的好月、好醉和好眠。这无异于让心灵彻底放空了一次。这样的一个月夜，是一个松弛之旅，舒缓之夜。

另一个月夜属于苏东坡。就是元丰六年十月十二日的那个夜晚。那个晚上苏东坡刚要睡觉，突然看到月色照进来，特别美，令他起了兴致，他就起来了，去承天寺找他的朋友张怀明，两个人一起在寺里的中庭散步。他们看见庭下月光如积水空明，水中还有水草交横，其实是竹子和柏树在地上的影子。当时苏轼被贬黄州，身处挫折困顿之中，黄州也是荒僻贫瘠之地，他却依然能在月光的召唤下，这样赏月。那个晚上他们连一壶酒、

两杯茶都没有，但是有月色，有竹柏，有好友，他们很
开心，很随意。最后苏东坡说："何夜无月，何处无竹
柏，但少闲人如吾两人者耳。"这场夜游，充满了"一时
兴起"的味道，不过从结尾的清旷自在来看，也是一次
心灵疗愈之旅。

苏东坡在《记承天寺夜游》里留给我们的，除了一
片月色，还有对生活的这样一种态度：不论自身处境如
何，一个人可以在局限之中找到自己的安顿；还可以于
看似平凡的日常中寻求美感和诗性时刻，并由此让自己
的性灵得到舒展。

极简慢生活，苏东坡是这样为我们示范的。

这两个月夜让我看到，苏轼和张岱的高明之处，至
少有这样几点：第一，他们注重精神性远远多于物质性，
因此能不为外物所拘地生活。第二，他们对美保持了敏
感，善于在日常生活中全天候地发现美和全方位地欣赏
美。第三，他们能放下很多欲望和现实计较，不论处境
是否如意，皆能趋于自在从容地生活，活出一种通透
之美。

今天的人若借鉴他们，也许可以离舒缓自在的"慢生活"近一大步了吧。

愿我们在自己的生涯里得到安顿，愿我们在当下的日常里找到美感，愿我们在俗世的烟火气中体会清欢，一寸寸光阴，一寸寸活出从容滋味。

潘向黎

图书在版编目（CIP）数据

清香的日常 / 潘向黎著. -- 武汉 : 长江文艺出版社,
2024.5
ISBN 978-7-5702-3484-4

Ⅰ. ①清… Ⅱ. ①潘… Ⅲ. ①散文集－中国－当代
Ⅳ. ①I267

中国国家版本馆 CIP 数据核字(2024)第 046817 号

清香的日常
QINGXIANG DE RICHANG

责任编辑：黄雪菁　张远林　　　　　责任校对：毛季慧
封面设计：璞茜设计　　　　　　　　责任印制：邱　莉　杨　帆

出版：长江出版传媒　长江文艺出版社
地址：武汉市雄楚大街 268 号　　　邮编：430070
发行：长江文艺出版社
http://www.cjlap.com
印刷：武汉新鸿业印务有限公司

开本：880 毫米×1230 毫米　　　1/32　印张：9.25
版次：2024 年 5 月第 1 版　　　　2024 年 5 月第 1 次印刷
字数：126 千字

定价：56.00 元